파리 경찰청,
오르페브르가 36번지

마제스틱 호텔의 지하

SIMENON

Maigret

마제스틱 호텔의 지하

SIMENON

Maigret

조르주 심농 장편소설

임호경 옮김

이 책은 실로 꿰매어 제본하는 정통적인 사철 방식으로 만들어졌습니다.
사철 방식으로 제본된 책은 오랫동안 보관해도 손상되지 않습니다.

1
프로스페르 동주의 타이어

쿵, 차 문이 닫히는 소리. 언제나 하루를 시작하는 소리이다. 바깥에서 엔진이 계속 돌아가고 있다. 샤를로트가 운전기사와 악수하는 걸까? 그러고 나서 택시가 멀어져 가는 소리. 발걸음 소리. 열쇠 구멍에서 열쇠 돌아가는 소리, 그리고 딸칵, 전등 스위치 올리는 소리.

부엌에서 성냥 긋는 소리가 나더니, 불판에 불이 붙으면서 쀠이 하고 가스 뿜는 소리가 난다.

샤를로트는 지어진 지 얼마 안 되는 충계를, 밤새도록 서 있었던 사람답게 천천히 오른다. 그녀는 아무 소리 내지 않고 방에 들어온다. 다시 스위치 올리는 소리. 전등 하나에 불이 들어온다. 갓 대신 걸어 놓은 분홍빛 수건 한 장과 손수건 네 귀퉁이에 매달린 장식용 나뭇조각들도 더불어 밝아진다.

프로스페르 동주는 눈을 뜨지 않는다. 샤를로트는 옷

장에 붙은 거울을 보며 옷을 벗는다. 허리띠와 브래지어를 풀 때는 후우 하고 한숨을 몰아쉰다. 그녀는 루벤스의 그림처럼 핑크빛의 풍만한 몸매이지만, 언제나 고집스레 옷을 꽉 조이게 입고 다니는 것이다. 이제 벌거숭이가 된 그녀는 눌린 자국이 남은 살들을 문지른다.

그녀는 침대에 오를 때 먼저 무릎부터 올려놓아 침대 밑판을 한쪽으로 기울게 하는, 아주 고약한 버릇이 있다.

「프로스페르, 당신 차례야!」

그는 몸을 일으킨다. 그녀는 남자가 남긴 따뜻한 구덩이에 얼른 파고들어 몸을 웅크리고는 이불을 쑥 올려 눈까지 덮은 다음, 더 이상 움직이지 않는다.

「밖에 비 와?」 그가 화장실에서 물을 틀면서 묻는다.

뭐라고 웅얼거리는데 잘 들리지 않는다. 하지만 상관없다……. 물은 면도하기에는 너무 차갑다. 기차 지나가는 소리가 들린다.

프로스페르 동주는 옷을 입는다. 샤를로트는 이따금 한숨을 내쉰다. 불이 켜져 있으면 잠을 이룰 수 없는 까닭이다. 이미 동주의 한 손은 문고리를 잡았고, 오른팔은 스위치 쪽으로 뻗고 있는데, 피곤에 절어 텁텁해진 목소리가 이렇게 당부한다.

「가서 라디오 청취료 내는 것 잊지 마.」

부엌 불판 위에 뜨거운, 아니 너무 뜨거운 커피가 만들어져 있다. 그는 선 채로 마신다. 그런 다음, 매일 같은 동작을 반복하는 사람의 익숙한 손놀림으로, 뜨개질한 목도리를 목에 두르고, 외투를 걸치고, 헌팅캡을 눌러쓴다.

드디어 그는 복도에 있던 자전거를 끌고 밖으로 나온다.

이 시간이면 어김없이 그를 맞아 주는 게 있으니, 습하면서도 차가운 아침 공기, 그리고 비도 오지 않았건만 축축하게 젖어 있는 포도(鋪道)이다. 닫힌 덧창 뒤에서 잠들어 있는 사람들은 그날이 화창하고도 따스한 줄로만 알리라.

단독 주택들과 자그만 정원들이 이어지는 거리는 급한 경사로 기울어져 있다. 이따금 두 그루의 나무 사이로 파리의 불빛들이 마치 어떤 구덩이의 밑바닥에서처럼 희미하게 빛난다. 더 이상 밤이 아니다. 하지만 아직 날이 밝지도 않았다. 공기는 연보라색으로 물들어 있다. 몇 개의 창문들에 불이 들어오는 가운데, 프로스페르 동주는 차단기로 닫혀 있어 곁문으로 통과하게 되어 있는 철도 건널목에서 브레이크 핸들을 꽉 잡는다.

생클루 다리를 지나서 왼쪽으로 방향을 튼다. 거룻배들을 줄줄이 달고 오는 예인선 한 척이 수문 사용 요청을 위해 맹렬히 울어 댄다.

불로뉴 숲…… 하늘을 한층 창백한 빛으로 반사하고 있는 호수들이며, 잠에서 깨어나는 백조들…….

9

도팽 시문(市門)[1]에 이르렀을 때, 동주는 갑자기 타이어 밑의 땅바닥이 딱딱해지는 것을 느꼈다. 그렇게 몇 미터를 더 가다가 자전거에서 내려 보니, 뒷바퀴 타이어에 펑크가 나 있다.

손목시계를 들여다본다. 6시 10분 전이다. 자전거를 밀면서 잰걸음으로 걷기 시작한다. 입에선 허연 김까지 솟아나지만, 격한 운동으로 가슴속은 탈 듯이 뜨겁다.

포슈 거리…… 늘어선 성관(城館) 같은 저택들의 창문은 모두 덧창이 닫혀 있다. 보이는 사람이라곤 승마로에서 속보로 말을 달리는 한 고위 장교와 그 뒤를 따르는 전령뿐이다.

개선문 뒤쪽은 이미 훤해져 있다……. 그는 걸음을 더욱 재촉하고…… 이제는 정말로 덥다…….

샹젤리제 거리로 막 접어들려 하는데, 신문 가판대 옆에 서 있던 짤막한 외투 차림의 순경이 그에게 한마디 던진다.

「펑크 났소?」

그는 그렇다고 끄덕인다. 그리고 3백여 미터를 더 간다. 왼쪽에 덧창들이 모두 닫혀 있는 마제스틱 호텔이 나타난다. 이제 가로등 불빛은 더 이상 소용이 없을 정도이다.

---

1 파리로 통하는 시문 중 하나로, 파리 북서쪽에 있다. 이하 모든 주는 옮긴이의 주이다.

그는 베리가(街)와 퐁티외가로 걷는다. 조그만 바 하나가 열려 있다. 거기서 두 집 뒤에 행인들의 눈에는 띄지 않는 문이 하나 있으니, 바로 마제스틱 호텔의 직원용 뒷문이다.

거기서 한 남자가 나온다. 회색 외투 밑의 옷은 정장으로 보인다. 모자는 쓰지 않았다. 반들반들하게 포마드를 바른 머리의 저 사내는 아마도 댄서 세비오일 거라고 프로스페르 동주는 추측한다. 바 안을 들여다보면 확인할 수 있을 터이나, 그러고 싶은 생각은 들지 않는다. 그는 여전히 자전거를 밀면서, 달랑 전등불 하나로 밝혀진 긴 회색 복도에 들어간다. 출퇴근 기록기 앞에서 발을 멈춘 그는 6시 10분을 가리키고 있는 벽시계를 쳐다보면서, 원형의 장치를 돌려서는 자기 번호인 67번에 카드를 밀어 넣는다. 딸깍.

이로써 그는 평소보다 10분 늦은 6시 10분에 마제스틱 호텔에 들어간 것이 되었다.

어쨌든 샹젤리제에 있는 이 특급 호텔의 커피 준비실 실장 프로스페르 동주의 공식 진술은 이와 같았다.

그다음부터는 여느 아침과 다름없이 행동했다고 그는 주장했다.

그 시간, 복잡하게 얽힌 복도며 수많은 문, 그리고 화물선의 통로처럼 회색으로 칠한 벽으로 이루어진 거대한 호텔 지하에서는 사람 그림자도 보이지 않았다. 다만 유리 칸막이벽들 너머 여기저기에, 야간 조명으로 사용되는 노르스름한 필라멘트 전등들만이 희미하게 빛나고 있을 뿐이었다.

왼편에 늘어선 주방들이며 제과실 등, 그곳의 모든 공간에는 유리 벽이 둘러져 있었다. 그 맞은편에는 〈시종실〉이라는 이름의 홀이 있었는데, 호텔의 상급 직원, 고객의 개인적 하인, 객실 청소부, 그리고 운전기사 등이 식사하는 곳이었다.

좀 더 떨어진 곳에 있는 홀은 하급 직원용 식당으로, 거기엔 기다란 식탁들, 초등학교 의자와 비슷하게 생긴 벤치형 의자들이 놓여 있었다.

마지막으로, 유리 벽으로 둘러싸인 좁은 우리 같은 것 하나가 흡사 선박의 지휘실처럼 지하 공간 전체를 굽어보고 있었으니, 주방에서 나가는 모든 것을 체크하는 경리 주임이 자리 잡은 곳이었다.

프로스페르 동주는 자신이 커피 준비실 문을 열고 있을 때 누군가가 위층으로 통하는 층계로 올라간다는 느낌이 언뜻 들었지만, 크게 신경 쓰지는 않았다. 어쨌든 이 사실은 그의 진술서에 기재될 것이었다.

샤를로트가 집에 들어올 때 했던 것처럼 그는 성냥을

그었고, 가스는 퓌이 소리와 함께 가장 조그만 커피 메이커 아래서, 다시 말해서 일찍 일어나는 몇 안 되는 고객을 위해 그가 맨 처음 끓이는 커피 메이커 아래서 타오르기 시작했다.

이렇게 하고 나서야 그는 탈의실로 갔다. 그것은 한쪽 복도에 있는 아주 널찍한 방이었다. 여러 개의 세면대와 희끄무레한 거울 하나가 있었고, 벽들을 따라서 높고도 좁다란 철제 로커들이 제각기 번호를 달고 늘어서 있었다.

그는 자신의 열쇠로 67번 로커를 열고는 걸치고 있던 외투와 목도리와 헌팅캡을 벗었다. 신발도 갈아 신었다. 왜냐면 고무를 댄 신발이 보다 유연하여, 업무를 위해서는 그걸 선호하는 까닭이었다. 그는 하얀 재킷을 걸쳤다.

그리고 몇 분이 더 흘렀다⋯⋯. 6시 반, 지하 공간은 생기를 띠기 시작했다.

위에선 모든 게 잠들어 있었다. 휑한 로비 홀에서 교대 시간만을 기다리고 있는 수위 외에는.

커피 메이커에서 휘파람 소리가 났다. 동주는 커피 잔 하나를 채워서는 층계로 들어갔다. 극장의 무대 뒤에 숨어 있으며, 전혀 뜻밖의 장소들로 통하게 되어 있는 신비로운 계단들과도 비슷한 층계였다.

좁다란 문을 밀자 로비의 휴대품 보관실이 나타났다. 커다란 거울로 덮인 이 문의 존재를 알아챌 수 있는 사람은 아무도 없으리라.

「자, 커피 가져왔어!」 그는 벽에 선반처럼 솟은 턱에 잔을 올려놓으며 인사했다. 「괜찮아?」

「괜찮아.」 야간 담당 수위가 다가오며 투덜대듯 대꾸했다.

동주는 다시 아래로 내려왔다. 이곳에서는 〈세 뚱뚱이〉라고 불리는 그의 세 여자가 출근해 있었다. 하층민인 그들은 셋 다 못생겼으며, 그중 하나는 늙은 데다가 성마르기까지 했다. 그들은 벌써 설거지통 안에서 잔과 접시들을 요란스레 달그락거리고 있었다.

동주도 매일 하는 대로, 한 잔짜리, 두 잔짜리, 석 잔짜리 커피포트들을 크기별로 정돈했다. 그리고 조그만 우유 단지들…… 찻주전자들…….

그는 경리실의 유리 벽 안에, 장 라뮈엘이 머리가 부스스한 몰골로 앉아 있는 걸 발견했다.

「어? 또 여기서 잔 모양이군!」 동주가 중얼거렸다.

경리 주임 라뮈엘이 몽파르나스 쪽에 있는 자기 집에 들어가지 않고 호텔에서 잔 지도 벌써 사나흘째였다.

원칙적으로는 금지된 일이었다. 복도 안쪽 끝부분에는 와인이 저장된 지하 2층으로 내려가는 층계를 숨긴 문이 있는데, 바로 그 옆에 서너 개의 침대가 놓인 방이 하나 있었다. 하지만 원래 그 침대들은 피크 타임 사이에 잠시 휴식이 필요한 직원들을 위해 마련된 것이었다.

동주는 손짓으로 라뮈엘에게 아침 인사를 보냈고, 라뮈엘도 약간 애매한 손짓으로 화답했다.

다음에는 주방장이 나타났다. 늘 잔뜩 무게를 잡고 다니는 이 거구의 사내는 막 파리 중앙 시장에서 돌아오는 참이었고, 그가 퐁티외가에 세워 놓은 트럭에서는 보조 요리사들의 하차 작업이 한창이었다.

7시 반이 되자 적어도 30명의 직원들이 마제스틱 호텔의 지하에서 부산하게 움직이고 있었다. 여기저기서 벨소리가 울리기 시작했고, 음식물 운반용 승강기들이 내려와 멈춘 다음, 음식 담은 쟁반을 싣고 다시 올라갔고, 그때마다 라뮈엘은 그의 책상 위에 정렬한 못들에다 흰색, 파란색, 분홍색의 주문표들을 꽂아 놓았다.

이 시간이면 하늘색 제복 차림의 주간 담당 수위가 로비를 맡고, 우편물 담당 직원은 그의 골방에서 우편물을 분류한다. 샹젤리제 거리 위에는 해가 떠 있을 터이지만, 지하에서는 벽을 울리는 버스들의 주행만을 느낄 수 있을 따름이었다.

9시 하고도 몇 분이 지났을 때 — 정확히는 9시 4분이었음이 나중에 밝혀졌다 — 프로스페르 동주는 커피 준비실에서 나와, 몇 초 후에는 탈의실에 들어갔다.

「외투 안에 손수건을 놓고 왔었거든요!」 심문 중에 그

15

는 이렇게 진술했다.

어쨌거나 그는 백 개의 철제 로커가 늘어선 방에 혼자 있었다. 그는 자신의 로커를 열었을까? 그걸 본 사람은 아무도 없다. 자신의 손수건을 꺼냈을까? 그랬을 수도 있다.

거기에 있는 로커는 백 개가 아니라, 정확히 92개였고, 모두 번호가 매겨져 있었다. 그리고 마지막 다섯 개는 비어 있었다.

왜 프로스페르 동주는 주인이 없어 열쇠로 잠기지 않은 89번 로커를 열 생각을 했을까?

「무의식적으로요……」 그는 주장했다. 「로커 문이 조금 열려 있어서…… 그냥 별생각 없이…….」

그런데 이 로커 안에는 세워진 채로 밀어 넣어져 지금은 웅크리듯 내려앉은 시체 한 구가 들어 있었다. 밝은 금발 — 사실은 염색한 금발이었다 — 에 고급 모직 검정 드레스를 입은 30대 여인이었다.

동주는 소리를 지르지 않았다. 다만 창백한 얼굴로 라뮈엘의 유리방에 다가가서는, 몸을 굽혀 창구를 통해 이렇게 말했다.

「이리 와서 좀 보세요…….」

경리 주임은 그를 따라갔다.

「여기 있어요…… 아무도 접근 못 하게 하고!」

충계를 뛰어 올라간 라뮈엘은 로비의 휴대품 보관실에 달려 들어가서는 한 운전기사와 대화 중이던 수위에게 사실을 알렸다.

「지배인님은 출근하셨소?」

수위는 턱으로 지배인 사무실을 가리켰다.

매그레는 회전문 앞에서 파이프를 구두 뒷굽에 두드려 내용물을 털어 내려는 참이었다. 다음 순간, 어깨를 으쓱하고는 파이프를 다시 잇새에 넣었다. 이건 아침 첫 파이프, 다시 말해서 가장 맛난 파이프니까.

「반장님, 지배인님께서 기다리고 계십니다.」

로비는 아직 한산했다. 영국인 한 명이 우편물 담당 직원과 얘기를 나누고 있을 뿐이었고, 배달하려는 것인 듯한 모자 상자를 든 여자아이 하나가 메뚜기처럼 긴 다리를 놀리며 걷고 있었다.

매그레가 들어가자 지배인은 아무 말 없이 그와 악수한 다음, 안락의자 하나를 가리켰다. 유리문은 녹색 커튼으로 가려져 있었지만, 그걸 옆으로 살짝 당기기만 하면 로비에서 일어나는 일들이 훤히 보였다.

「시가 피우시겠습니까?」

「괜찮소…….」

그들은 오래전부터 아는 사이였다. 피차 많은 말이 필

요치 않았다. 지배인은 줄무늬 바지와 테두리 장식이 들어간 재킷 차림에, 어떤 딱딱한 물질을 오려 만든 듯한 넥타이를 매고 있었다.

「자, 여기 있습니다…….」

그는 매그레에게 호텔 전표 한 장을 내밀었다.

오즈월드 J. 클라크.

미시간주 (U.S.A.) 디트로이트의 사업가.

디트로이트에서 출발. 2월 12일 도착.

동행인: 미시즈 클라크, 아내. 테디 클라크, 7세, 아들.

엘런 대로먼, 24세, 가정교사. 거트루드 봄스, 42세, 가정부.

203호 스위트룸.

전화벨이 울렸다. 지배인은 짜증을 내며 전화를 받았다. 매그레는 전표를 두 번 접어서 자신의 지갑에 밀어 넣었다.

「이 여자들 중, 누구요?」

「미시즈 클라크입니다.」

「아!」

「호텔 의사가 아래층에 와 있습니다. 이 옆, 베리가에 사는데, 내가 수사국에 신고하고 나서 곧이어 전화로 불렀죠. 그의 말로는, 미시즈 클라크는 오늘 아침 6시에서

6시 반 사이에 목 졸려 사망했다는군요.」

지배인의 표정은 침울하기 그지없었다. 매그레 같은 사람에겐 하소연해 봐야 아무 소용없음을 잘 아는 까닭이었다. 이건 호텔로서는 재앙이나 마찬가지며, 만일 사건을 덮어 버릴 수 있는 가능성이 조금이라도 존재한다면 자신으로선⋯⋯.

「그러니까 이 클라크 가족이 도착한 지 1주일 됐단 말이지⋯⋯.」 매그레가 중얼거리듯 말했다. 「어떤 종류의 사람들이오?」

「괜찮죠, 아주 괜찮은 사람들이에요⋯⋯. 그는 키가 훤칠하고, 단단하고도 냉정한 미국인이에요. 나이는 마흔 정도 됐고요⋯⋯ 어쩌면 마흔다섯일 수도 있겠네요. 그의 아내 — 죽은 여자 말입니다! — 는 아마 프랑스 출신일 거예요. 스물여덟이나 스물아홉 정도 됐고요⋯⋯. 난 그녀를 몇 번 보지 못했어요⋯⋯. 가정교사는 예쁜 아가씨고요⋯⋯. 가정부는, 주로 아이 보모 일을 하는 모양인데, 아주 평범해요. 좀 퉁명스러운 편이죠⋯⋯. 아, 참! 한 가지 알려 드린다는 걸 잊었네. 클라크는 어제 아침 로마로 떠났어요.」

「혼자?」

「내가 이해한 바로는, 그는 유럽엔 사업차 왔어요. 베어링 공장을 하나 가지고 있죠. 각국 수도들을 방문해야 하는데, 그동안 자기 아내와 아들, 그리고 고용인들은 파리에 남겨 두기로 한 모양이에요.」

「어느 기차 편으로 갔는지 아시오?」 매그레가 물었다.

지배인은 수화기를 들었다.

「여보세요, 수위인가……? 어제 클라크 씨가 어느 기차를 타셨나……? 그래, 203호 말이야……. 역까지 짐을 날라 드리지 않았다고……? 여행 가방 하나 들고 나갔다고……? 택시를 타고……? 데지레의 택시……? 고맙네. 자, 반장님, 들으셨죠? 그는 어제 오전 11시에 택시를 타고 떠났습니다. 거의 항상 호텔 앞에 세워져 있는 데지레의 택시를 타고요. 여행 가방 하나만 들고 갔다는군요.」

「자, 이번엔 내가 전화 좀 써도 되겠소……? 여보세요, 교환원? 수사국 좀 연결해 주시오……. 수사국이오……? 뤼카인가……? 지금 당장 리옹 역으로 달려가게……. 어제 오전 11시부터 로마로 떠난 기차들에 대해 전부 알아봐!」

파이프 불이 꺼져 가는 가운데, 그는 계속 지시를 내렸다.

「토랑스에게는 데지레의 택시를 찾아내라고 하게……. 그래…… 마제스틱 호텔 앞에 늘 서 있는 그 택시 말이야……. 그가 어제 호텔에서 태운 큰 키에 마른 체격의 미국 사람을 어디로 데려다줬는지 알아보라고 해……. 알았네.」

그는 파이프를 털려고 재떨이를 찾았다. 지배인이 하

나를 내밀었다.

「정말 시가는 안 태우시겠습니까……? 지금 가정부는 제정신이 아닌 상태입니다……. 난 그녀에게 알리는 게 좋다고 생각했죠……. 가정교사는 어젯밤에 호텔에서 자지 않았고요.」

「스위트룸은 몇 층에 있소?」

「3층입니다. 샹젤리제가 내려다보이는 위치죠. 클라크 씨의 방은 중간의 살롱에 의해 아내의 방과 분리되어 있어요. 그다음엔 아이의 방, 가정부의 방, 그리고 가정교사의 방이 이어지지요. 그들이 이렇게 같이 있게 해달라고 요구했습니다.」

「야간 담당 수위는 지금 호텔에 없소?」

「그 친구라면 전화로 연락해 볼 수 있어요. 일전에 나도 필요한 일이 있어서 전화한 적이 있었죠. 그의 아내가 뇌이의 한 아파트 관리인이라 거기서 살고 있죠……. 여보세요……? 실례지만 남편분 좀 바꿔 주세요…….」

5분 후, 그들은 미시즈 클라크가 전날 밤 혼자 연극을 보러 갔다가 자정에서 몇 분이 지난 시각에 돌아왔다는 사실을 알게 되었다. 가정부는 외출하지 않았다. 가정교사는 호텔에서 저녁 식사를 하지 않았으며, 밤새도록 돌아오지 않았다.

「어디 한번 내려가 볼까요?」 매그레가 한숨을 쉬었다.

그동안 로비는 평소의 활기를 되찾고 있었으나, 모두가 잠들어 있을 때 비극이 발생했다는 사실을 아는 이는 아무도 없었다.

「이쪽으로 가죠…… . 반장님, 날 따라오시겠습니까?」

바로 그때, 지배인은 미간을 찌푸렸다. 회전문이 돌아가고 있었다. 회색 정장 투피스 차림의 한 젊은 여자가 한 줄기 햇살과 함께 로비에 들어와서는, 우편물 담당 직원 앞을 지나면서 영어로 물었다.

「내 우편물 없나요?」

「저 여자입니다, 반장님…… 미스 엘런 대로먼이요.」

팽팽하게 당긴 섬세한 실크 스타킹. 방금 정성 들여 몸단장을 하고 나온 사람에게서 느낄 수 있는 단정한 분위기. 얼굴엔 피곤의 흔적은 전혀 없는 반면, 2월의 쌀쌀한 아침 공기로 상기된 피부.

「그녀와 얘기하고 싶으십니까?」

「지금 당장은 아니오. 잠깐 기다리시오…… .」

매그레는 그가 데려온, 지금은 로비 한쪽 구석에 앉아 있는 한 형사에게로 갔다.

「저 아가씨를 감시하고 있게…… . 자기 객실에 들어가면 문 앞에 붙어 있도록.」

휴대품 보관실. 돌쩌귀를 축으로 빙그르 돌아가는 커다란 거울. 반장과 지배인은 좁다란 층계에 들어섰다. 그

러자 화려한 금박 장식들, 넓찍한 잎사귀의 식물들, 그리
고 우아하고도 분주한 움직임들은 일순 자취를 감췄다.
대신 주방 냄새 같은 것이 훅 올라왔다.

「이 층계는 이 호텔 모든 층으로 통하는 거요?」

「이런 층계가 두 개가 있습니다. 지하 2층에서 시작되
어 다락방까지 올라가죠…… 하지만 이걸 사용하기 위
해선 이 건물 구조를 잘 알고 있어야 해요…… 예를 들어
저 위층에서는 다른 문과 똑같이 생긴, 하지만 번호는 안
붙어 있는 조그만 문을 열어야 합니다. 투숙객들은 꿈에
도 그게…….」

11시가 거의 다 되었다. 이제 더 이상 50명이 아니라,
거의 150명에 달하는 사람들이 지하 공간에 복작대고 있
었다. 하얀 요리사 모자를 쓴 사람들, 제복 차림의 웨이
터들, 앞치마를 두른 주류 관리자들, 그리고 프로스페르
동주의 〈세 뚱뚱이〉처럼 거친 일을 하는 여자들…….

「이쪽으로 오세요…… 더러운 게 묻지 않게, 또 미끄
러지지 않게끔 조심하세요…… 복도가 꽤 좁습니다.」

모든 이들이 유리 벽을 통해 지배인을, 그리고 특히 반
장을 유심히 쳐다보았다. 장 라뮈엘은 거의 날아오다시
피 하는 주문표들을 잡으면서, 쟁반의 내용물을 한눈에
체크하고 있었다.

이런 분위기 가운데 눈에 튀는 존재가 하나 있었으니,

탈의실 앞에서 보초를 서고 있는 한 순경이었다. 또 새파랗게 젊은 의사 하나가 매그레가 왔다는 소식을 듣고 담배를 피우며 기다리고 있었다.

「문을 좀 닫으시오.」

시체가 거기 있었다. 그 모든 철제 로커들로 둘러싸인 한가운데, 바닥에 놓여 있었다. 의사는 계속 담배를 피우며 중얼거리듯 말했다.

「뒤쪽에서 잡은 것 같아요……. 오래 몸부림치지는 못했을 겁니다.」

「시체를 바닥에 끌지는 않았군!」 매그레가 죽은 여자의 검은 옷을 살피면서 덧붙였다. 「먼지가 묻어 있지 않을 걸 보면 말이야. 범죄는 여기서 저질러졌든지, 아니면 두 사람 정도가 같이 떠메고 왔겠지. 왜냐면 이렇게 거미줄처럼 얽혀 있는 좁은 복도들을 혼자서는…….」

시체가 발견된 로커 안에는 악어가죽 핸드백도 하나 들어 있었다. 그걸 열어 본 반장은 거기서 자동 권총 한 정을 꺼냈고, 안전장치만 확인한 후 곧바로 자기 호주머니에 집어넣었다. 핸드백 안에는 손수건 한 장, 분갑 하나, 그리고 천 프랑이 채 못 되는 지폐 몇 장 외에는 아무것도 없었다.

그들 뒤쪽은 벌집처럼 정신없이 움직이고 있었다. 음식물 운반용 승강기는 쉴 새 없이 작동했고, 벨 소리도 끊임없이 울려 댔으며, 묵직한 황동 냄비들을 다루고, 통닭을 열두 마리씩 꼬치에 꿰어 굽는 모습들이 주방 유리 벽 너머로 보였다.

「검찰의 현장 검증을 위해 모든 걸 그대로 놔둬야 할 거요.」 매그레가 말했다. 「발견한 사람은 누구요?」

그들은 커피 메이커 하나를 닦고 있는 프로스페르 동주를 가리켰다. 키가 큰 친구로, 이른바 당근색이라고 하는 새빨간 머리카락의 소유자였다. 나이는 마흔다섯에서 마흔여덟 사이로 보였다. 눈은 파란색이었고, 얼굴은 온통 마맛자국으로 덮여 있었다.

「저 사람, 여기서 일한 지 오래됐소?」

「5년 됐죠…… 그전에는 칸의 미라마르 호텔에 있었어요.」

「착실한가요?」

「더 이상 착실할 수가 없죠.」

동주와 반장은 유리 벽 하나로 나눠져 있었다. 이 벽을 통해 두 사람의 시선이 마주쳤다. 그러자, 빨간 머리들이 모두 그렇듯 보드라운 피부를 가진 이 커피 준비실 실장의 두 뺨에 피가 확 솟구쳐 올랐다.

「실례합니다, 지배인님…… 반장님께 전화가 왔어요.」

이렇게 말한 사람은 그의 유리방에서 뛰쳐나온 경리 주임 장 라뮈엘이었다.

「원하신다면, 여기서 전화를 받으셔도 됩니다.」

수사국에서 온 전갈이었다. 어제 오전 11시부터 로마 행 급행열차는 두 편밖에 없었는데, 오즈월드 J. 클라크 는 그중 어느 것에도 타지 않았다고 한다. 한편 택시 기 사 데지레는 그가 단골로 다니는 한 선술집에 전화하여 접촉할 수 있었는데, 그의 주장에 따르면 자신은 전날 클 라크를 몽파르나스 거리의 에글롱 호텔에 데려다주었다 는 거였다.

층계 쪽에서 목소리들이 들렸다. 그중 어떤 젊은 여자 의 날카로운 목소리가 그녀의 길을 막는 한 룸보이에게 영어로 항의하고 있었다.

가정교사 엘런 대로먼이었고, 그녀는 돌진하듯 앞으로 걸어 나왔다.

2
매그레, 자전거를 타다

잇새에 파이프를 물고, 그 전설적인 벨벳 깃의 거대한 외투 양 호주머니에 손을 찌르고, 중산모를 약간 뒤로 젖혀 쓴 매그레는 여자가 맹렬한 기세로 호텔 지배인에게 뭐라고 퍼붓는 광경을 지켜보았다.

이때 반장의 표정을 살펴봤다면, 그와 엘런 대로먼은 피차 친해지기 힘든 사람들이라는 사실을 눈치챘으리라.

「지금 뭐라고 하는 거요?」 그는 한마디도 알아들을 수 없는 미국 여자의 말을 중단시키고, 한숨을 쉬며 물었다.

「미시즈 클라크가 살해된 게 사실이며, 또 오즈월드 J. 클라크에게 알리기 위해 로마에 전화는 했냐고 물어보고 있습니다. 그리고 시신은 어디로 옮겨졌으며, 또……」

하지만 젊은 여자는 그가 설명을 끝맺게 놔두지 않았다. 눈썹을 잔뜩 찌푸린 성급한 표정으로 그의 말을 듣고 있던 그녀는 쌀쌀맞은 눈으로 매그레를 휙 쳐다보더니,

아까보다 한층 맹렬한 기세로 뭐라고 퍼부어 댔다.

「지금 뭐라고 하는 거요?」

「시신 있는 곳으로 데려다 달라네요. 그리고……」

그러자 매그레는 미국 여자의 팔을 부드럽게 붙잡고는 탈의실 쪽으로 인도해 갔다. 하지만 그는 그녀가 이 신체 접촉에 질겁하리라는 걸 잘 알고 있었다. 미국 영화들에 나오는, 그 신경 거슬리는 여자들하고 똑같은 여자였다! 이 소름 끼칠 정도로 딱 부러지는 걸음걸이! 지하실의 직원들 모두가 유리 벽을 통해 시선을 그녀에게 고정하고 있었다.

「자, 들어오시죠.」 반장은 약간의 빈정거림이 섞인 어조로 웅얼거렸다.

세 걸음을 걸은 후에 모포로 덮여 있는 어떤 형체를 보게 된 그녀는 똑바로 서더니, 다시 자기네 언어로 뭐라고 지껄였다.

「지금 뭐라고 하는 거요?」

「시체를 보게끔 모포를 걷어 달랍니다.」

매그레는 그녀에게서 시선을 떼지 않으면서 직접 모포를 걷어 주었다. 그녀는 한 번 부르르 떨더니, 진정으로 끔찍한 그 광경에도 불구하고 이내 냉정함을 되찾았다.

「이 사람이 미시즈 클라크가 맞느냐고 물어보시오.」

그녀는 어깨를 으쓱해 보였다. 동시에 특별히도 불쾌

한 방식으로 하이힐로 바닥을 딱 쳤다.

「지금 뭐라고 하는 거요?」

「반장님도 자기만큼 잘 알고 있지 않냐는데요.」

「그렇다면, 내가 몇 가지 질문할 게 있으니, 당신 사무실로 올라와 달라고 말해 주겠소?」

지배인이 통역했다. 매그레는 그 틈을 이용해 시신의 얼굴을 다시 덮었다.

「뭐라고 하오?」

「싫다는데요.」

「엥? 그렇다면 이렇게 알려 주시오. 난 수사국 기동 수사대 반장의 권한으로……」

그의 눈을 빤히 들여다보고 있던 엘런은 매그레의 말이 통역되기를 기다리지도 않고 뭐라고 말했다. 이에 매그레는 지금까지 계속 반복해 온 그 표현을 다시 내뱉었다.

「지금 뭐라고 하는 거요?」

「*Qu'est-ce qu'elle dit*(지금 뭐라고 하는 거요)?」 그녀는 정말 어이없게도 벌컥 신경질을 부리며, 그를 흉내 내어 따라 했다.

그러더니 이제는 혼잣말하듯, 다시 영어로 뭐라고 지껄였다.

「그녀가 말한 걸 통역 좀 해주시겠소?」

「그녀가 말하기를…… 자기는 당신이 경찰이란 사실을

아주 잘 알고 있다, 왜냐면…… 그게…….」

「괜찮으니까 얘기해 보시오!」

「당신 머리 위의 그 모자와 입에 문 그 파이프만 봐도 충분히 알 것 같다고…… 죄송합니다, 반장님…… 하지만 반장님이 통역해 달라고 하셔서……. 또 자기는 사무실에 올라가지 않을 것이며, 반장님 질문에도 답변하지 않을 거라고 하는군요.」

「왜?」

「한번 물어보겠습니다…….」

담배를 입에 물고 불을 붙이고 있던 엘런 대로먼은 지배인이 하는 말을 듣더니 또다시 어깨를 으쓱하고는 몇 마디를 내뱉었다.

「자기는 누구에게도 보고해야 할 의무가 없으며, 공식적인 소환에만 응하겠다는군요.」

그의 말이 끝나자 젊은 여자는 매그레를 마지막으로 한 번 쳐다본 뒤 휙 몸을 돌려, 여전히 그 딱 부러지는 걸음걸이로 층계 쪽으로 또각또각 걸어갔다.

지배인은 약간 불안한 심정으로 반장에게 고개를 돌렸지만, 그가 미소를 짓는 걸 보고 깜짝 놀랐다.

매그레는 지하실에 가득한 열기 때문에 외투를 벗어 들 수밖에 없었지만, 중산모와 파이프는 결코 포기하지 않았다. 그런 행색으로 뒷짐을 지고 유유히 이 복도 저 복도 돌아다니다가, 이따금 그 유리 벽들 중 하나 앞에 멈춰 서는데, 그 모습이 마치 수족관 앞에 멈춰 서서 들여다보는 사람 같았다.

온종일 전깃불로 밝혀지는 이 거대한 지하 공간에서 매그레가 받은 인상은 바로 그것, 즉 어느 해양 박물관에 들어온 듯한 느낌이었다. 유리 벽으로 둘러싸인 방마다 많고 적은 사람들이 부산스레 움직이고 있었다. 모두가 분주히 왔다 갔다 하면서 짐이나 냄비나 층층 쌓은 접시 같은 것들을 나르기도 하고, 요리나 짐을 운반하는 승강기를 작동시키기도 하고, 혹은 조그만 주방 기구같이 생긴 전화기를 쉴 새 없이 집어 들기도 하는 모습을 구경할 수 있었다.

「아프리카 오지에서 어떤 야만인을 데려다가 이 광경을 구경시킨다면…….」

검찰의 현장 검증은 몇 분 만에 끝났고, 항상 그렇듯 수사 판사는 매그레에게 전권을 위임했다. 매그레는 경리 주임 장 라뮈엘의 방에서 두어 차례 전화를 걸었다.

라뮈엘의 코는 하도 삐뚤어져 있어서 언제나 옆모습을 보는 것 같은 느낌을 주었다. 게다가 모종의 간 질환을 앓고 있는 게 분명했다. 아닌 게 아니라 쟁반에다 점심 식사를 담아 가져다주자, 그는 먼저 조끼 호주머니에서 어떤 하얀 가루약 봉지를 꺼내어 물컵에 타는 일부터 시작했던 것이다.

오후 1시에서 3시 사이에 분주함은 절정에 달했고, 리듬이 너무도 빨라서 필름을 전속력으로 돌리는 영화를 보는 듯한 기분이었다.

「죄송합니다…… 실례합니다…….」

끊임없이 누군가의 몸이 부딪혀 오곤 했지만, 매그레는 조금도 개의치 않고 걸음을 멈추었다가, 다시 걷기 시작했다가, 때로는 질문을 한마디 툭 던지기도 하면서 유유한 산책을 계속해 갔다.

이렇게 질문한 사람이 모두 몇이나 되었을까? 적어도 스무 명은 될 거였다. 주방장은 이 거대한 주방이 어떻게 돌아가는지 설명해 주었다. 장 라뮈엘은 주문표의 서로 다른 색깔들이 무엇을 의미하는지 설명해 주었다.

또 그는, 역시 유리 벽을 통하여, 하인들이 식사하는 광경을 지켜보기도 했다. 클라크 가족의 가정부인 거트루드 봄스가 내려와 있었다. 억센 체격에 딱딱한 얼굴의 소유자였다.

「저 여자, 프랑스어를 하나요?」

「한마디도 못합니다.」

그녀는 맞은편에 앉은 제복 차림의 운전기사와 수다를 떨면서 엄청나게 먹어 댔다.

반장이 이렇게 시간을 보내고 있을 때 가장 볼 만했던 것은 커피 준비실 안에 있는 프로스페르 동주의 모습이었다. 그는 문자 그대로 어항 속의 커다란 빨간 금붕어 한 마리, 그 자체였다. 왜냐면 그는 온통 새빨간 색이었기 때문이다. 피부색은 종종 빨간 머리 사내들이 그렇듯 거의 벽돌색에 가까웠고, 두툼한 입술은 물고기의 그것을 연상시켰다.

또 정말로 물고기처럼, 이따금 유리 벽에 다가와 거기에 얼굴을 딱 붙이고는, 반장이 아직 자기에겐 말을 걸지 않은 것이 너무나도 놀라운 듯, 두 눈을 뚱그렇게 하고서 있었다.

매그레는 모든 사람에게 말을 걸었다. 그런데 프로스페르 동주는, 마치 그 존재조차 알아채지 못한 듯이, 거들떠보지도 않는 거였다. 하지만 시체를 맨 처음 발견한 그야말로 가장 중요한 증인이 아니던가!

동주 역시 커피 준비실 안에서, 세 여자가 주위에서 부산하게 움직이고 있는 조그만 탁자에서 점심을 먹었다. 그러고 있는 중에도 시시각각 벨 소리가 울리며 음식물 운반용 승강기가 내려왔음을 알렸다. 승강기는 일종의 창구 같은 구멍에서 나타났다. 동주가 그 승강기로 전달된 주문표를 집어서 주문된 음료를 대신 올려놓으면, 승강기는 호텔의 어느 층으로 올라가곤 했다.

이렇게 오고 가는 모든 움직임들은 겉보기엔 아주 복잡해 보이지만, 알고 보면 매우 간단했다. 지금 2백 내지 3백 명의 고객이 한창 식사 중인 마제스틱 호텔의 대(大)식당은 주방 바로 위에 있었고, 음식 대부분은 거기로 올라가고 있었던 것이다. 승강기 중 하나가 내려올 때마다 음악 소리가 어렴풋이 들리곤 했다.

그런데 어떤 고객들은 자기 방에서 식사했고, 이들을 위해 배치된 웨이터가 층마다 한 명씩 있었다. 또 주방과 같은 지하층에, 오후 5시경이면 댄스홀로 변하는 간이식당도 하나 있었다.

법의학 연구소 사람들이 와서 시신을 찾아갔고, 감식반에서도 두 명이 나와 89번 로커에서 지문을 채취하기 위해 강력한 조명과 사진기 등을 사용해 가며 두 시간 동안 작업을 벌였다.

매그레는 이 모든 일에는 별로 관심이 없는 듯이 보였다. 하기야 때가 되면 이들의 작업 결과를 전달받게 될 테니까.

그의 거동을 볼라치면, 특급 호텔의 서비스 체계가 어떤 식으로 작동하는지를 순수한 호기심으로 연구하고 있는 사람 같았다. 그는 좁다란 층계로 올라가서는 처음 나타나는 문을 열어 보더니, 포크 부딪히는 소리, 음악 소리, 대화 소리 등으로 와글거리는 커다란 식당이 나타나자 얼른 닫아 버렸다.

그는 다시 위층으로 올라갔다. 번호가 매겨진 문들이 끝없이 이어지고, 길고 긴 붉은 카펫이 깔린 복도가 나왔다.

결국, 어떤 투숙객이라도 이 문을 열고 지하실에 내려갈 수 있다는 얘기였다. 퐁티외가의 직원용 출입구도 마찬가지였다. 샹젤리제 거리 쪽으로 나 있는 회전문은 두 명의 주차 담당 직원, 수위 하나, 그리고 벨보이 몇 사람이 지키고 있었지만, 직원용 출입구를 통하면 어떤 행인이라도 마제스틱 호텔에 마음대로 들어올 수 있었으며, 또 그렇게 들어와 어정거리고 있어도 아무도 신경 쓰지 않았을 가능성이 컸다.

대부분의 극장들과 같은 식이었다. 한쪽은 엄하게 지켜지지만, 배우들이 드나드는 출입구 쪽은 방앗간 문처럼 활짝 열려 있는 것이다.

이따금 사람들이 작업복 차림으로 탈의실로 들어갔다. 그리고 얼마 후에는 말쑥하게 갈아입고 머리에는 모자까지 쓰고서 다시 나오는 모습을 볼 수 있었다.

팀 교대가 계속 이루어졌다. 주방장은 맨 안쪽 구석에 있는 방에 가서 쪽잠을 잤는데, 이는 점심 피크 타임과 저녁 피크 타임 사이에 매일 하는 일이었다.

4시가 되자 벌써부터 음악 소리가 울려 퍼졌다. 이번에는 아주 가깝게 들렸는데, 소리의 근원이 바로 댄스홀이었기 때문이다. 프로스페르 동주는 수심이 가득한 얼굴로 줄 세워 놓은 주먹만 한 찻주전자들이며 콩알만 한 우유 단지들을 채우고 있다가, 유리 벽까지 다가와서는 매그레 쪽으로 불안에 찬 시선을 멀리서부터 흘끔 던지곤 했다.

5시가 되자 세 여자는 퇴근했고, 다른 두 여자가 와서 그 자리를 채웠다. 6시, 그는 주문표 한 다발과 어떤 명세서로 보이는 종이 한 장을 장 라뮈엘에게 가져왔다. 그러고 나서, 이번에는 자신이 탈의실에 들어갔다가 사복 차림으로 다시 나와서는 한 벨보이에게 맡겨 타이어를 수리해 놓은 자전거에 올라탔다.

바깥은 어느새 밤이 되어 있었다. 퐁티외가는 북적거렸다. 프로스페르 동주는 택시와 버스 사이를 요리조리 빠지며 샹젤리제 쪽으로 향했다. 개선문 광장에 이르기 얼마 전에 그는 갑자기 방향을 돌려 다시 퐁티외가로 돌아와서는, 한 라디오 전문점에 들어가 창구에 3백 몇 프랑을 지불하고, 자신이 사전에 서명해 놓은 월 청취료 어음들 중의 하나를 수령했다.

다시 샹젤리제 거리. 그리고 분위기가 일순 바뀌면서 조용하면서도 위엄 있는 포슈 거리가 나타난다. 간혹 눈에 띄는 자동차들은 미끄러지는 것처럼 소리 없이 지나간다. 그는 아직 갈 길이 먼 사람답게, 그리고 매일 똑같은 시간에, 똑같은 길을 오가는 선량한 도시인답게 천천히 페달을 밟는다.

그런데 그의 약간 뒤쪽, 가까운 곳에서 어떤 목소리가 들렸다.

「동주 씨, 몇 킬로미터 정도 같이 가도 괜찮겠소?」

그가 얼마나 브레이크를 세게 잡았는지 자전거가 기우뚱하면서 자칫하면 매그레의 자전거에 부딪힐 뻔했다. 매그레가 바로 옆에서 따라오고 있었던 것이다! 마제스틱 호텔의 한 벨보이에게서 빌린, 그에게는 너무도 작은 자전거를 타고서 말이다.

「아, 정말로 이해할 수 없어!」 매그레가 말을 이었다. 「왜 교외에 사는 사람들이 자전거를 타고 다니지 않는 건지 말이야…… 버스나 전철보다는 이게 훨씬 더 건강하고 상쾌하지 않소?」

그들은 불로뉴 숲에 진입했다. 곧이어 호수에 비친 가로등 불빛들이 보였다.

「당신이 온종일 너무 바쁜 것 같아, 내가 방해하고 싶지 않았다오…….」

그리고 매그레 역시 자전거 타는 일에 익숙한 사람처럼 일정한 리듬으로 페달을 밟았다. 이따금 톱니바퀴가 차르르 공회전하는 소리가 감미롭게 들렸다.

「혹시 장 라뮈엘이 마제스틱 호텔에서 일하기 전에 무얼 했는지 아시오?」

「어떤 은행에서 회계사였답니다…… 코마르탱가에 있는 아툼 은행이라고…….」

「흠! 아툼 은행이라…… 그거 별로 안 좋은데……. 그 사람 생긴 게 꼭 땡추 수도승 같다고 생각하지 않으시오?」

「글쎄요, 건강이 별로 좋지 않다네요…….」 프로스페르 동주가 기어들어 가는 소리로 대꾸했다.

「아, 조심하시오! 그러다 보도로 올라가겠소……. 그런데 혹시 실례가 안 된다면, 또 한 가지 물어보고 싶은 게 있는데……. 당신은 커피 준비실 실장이신데…… 음, 그러니까 내가 궁금한 것은, 어떡하다가 이 직업을 선택하게 됐냐는 거지. 그러니까 내 말은…… 이건 일생을 바칠 만한 직업은 아닌 것 같거든. 다시 말해서 우리는 열다섯이나 열일곱 살이 됐을 때 〈난 나중에 커피 준비실 실장이 될 거야〉라고 결심하지는 않는단 말이지……. 조심하시오…… 그렇게 자꾸 옆으로 빗나가다가는 자동차에 치이겠소……. 자, 내 질문에 대해 어떻게 생각하시오?」

동주는 침울한 목소리로 설명했다. 자신은 구호 대상 아동이었다. 열다섯 살까지는 비트리르프랑수아 근처의 한 농가에서 지냈다. 그러고 나서 도회지로 올라와 어느 카페에 들어갔다. 처음에는 벨보이였다가, 나중엔 웨이터가 됐다…….

「군 복무를 마치고 나서 건강이 별로 안 좋아서, 남프랑스에서 살고 싶은 생각이 들었어요. 마르세유와 칸에서 웨이터 생활을 했지요. 그런데 미라마르 호텔에 가니까, 제가 고객에게 직접 서비스하기에는 외모가 적합지 않다고 판단하더군요. 지배인 말로는 〈불쾌한〉 외모라나, 뭐라나……. 그래서 절 커피 준비실에 처넣었죠. 전 거기서 몇 년을 보내다가, 결국 이 마제스틱 호텔 실장 자리를 받아들인 겁니다.」

그들은 생클루 다리를 건넜다. 좁다란 거리에서 두어 번 방향을 꺾자 경사가 심한 비탈길 발치에 이르렀고, 프로스페르 동주는 자전거에서 내렸다.

「더 가실 겁니까?」 그가 물었다.

「방해가 되지 않는다면. 호텔 지하에서 하루를 보내고 나니까, 전원에서 살고 싶어 하는 당신 마음을 이해할 것도 같소……. 그래, 정원도 가꾸시오?」

「조금요.」

「꽃?」

「꽃도 가꾸고, 채소도 키우고…….」

이제 그들은 포장도 안 되어 있고, 조명도 없는 어두컴컴한 길을 자전거를 밀면서 올라가고 있었다. 숨결은 더 뜨거워졌고, 내뱉는 말은 갈수록 드물어졌다.

「내가 오늘 지하실을 왔다 갔다 하며 이 사람 저 사람 붙잡고 얘기하면서 발견한 사실이 뭔지 아오? 적어도 세 사람이 간밤에 호텔 지하실에서 잠을 잤다는 거요. 우선 장 라뮈엘……. 이 사람은…… 이건 아주 재미있는 얘긴데…… 이 사람은 어떤 못 말리는 성깔의 정부(情婦)랑 같이 사는데, 그녀는 정기적으로 이 사람을 집에서 내쫓는 모양이라…… 사나흘 전에도 그런 일이 일어나서 그는 지금 마제스틱에서 잠을 자는 신세지……. 지배인이 그런 걸 허용하오?」

「원칙적으론 금지됐지만, 그냥 눈감아 줍니다.」

「직업 댄서도 거기서 잤던 모양이오. 당신들이 세비오라고 부르는 사람…… 아주 묘한 친구야, 안 그렇소……? 딱 보면 누가 봐도 아르헨티나인처럼 생겼지……. 댄스홀에 붙여 놓은 포스터 사진에도 에우세비오 푸알데스라는 이름을 적어 놓았고……. 그런데, 그의 신분증을 읽어 보면 말이야, 새카맣다 못해 푸르스름한 빛까지 감도는 머리 색에도 불구하고, 그는 릴에서 태어났으며 진짜 이름은 에드가르 파고네라는 거지……. 어제저녁에는 어떤 영화배우를 위한 디너 댄스파티가 있었는데…… 그는 새벽 3시 반까지 남아 있다가…… 택시를 타고 가기엔 너무 가난한 사람이라 그냥 호텔에서 자기로 한 모양이더군.」

어느 가스등 가까이에서 걸음을 멈춘 프로스페르 동주는 그 벌건 얼굴에 불안한 눈빛을 하고는 머뭇거렸다.

「왜 그러시오?」 매그레가 물었다.

「전 도착했어요…… 전…….」

규석으로 지은 한 단독 주택의 현관문 아래로 불빛이 새어 나오고 있었다.

「내가 잠깐 같이 댁에 들어가도 괜찮겠소?」

매그레는 장담할 수 있었다. 이 키만 껑청하니 흐물흐물해 보이는 사내는 지금 무릎이 후들거리고, 목은 꽉 죄어 오고, 어떤 현기증 같은 걸 느끼고 있으리라……. 마침내 그는 겨우 더듬거렸다.

「원하신다면야, 뭐…….」

그는 열쇠로 현관문을 열고 자전거를 복도에 밀어 넣은 다음, 매일 하듯이 누군가에게 기계적으로 알렸다.

「나 왔어!」

복도 끝에 유리 격자문이 하나 보였다. 부엌문이었는데 환히 밝혀져 있었다. 동주는 거기로 들어갔다.

「자, 여기 소개해 드릴게요…….」

샤를로트는 화덕 앞에 앉아 있었다. 두 발을 화덕 쪽으로 뻗고 몸을 의자 뒤로 한껏 젖힌 채 연분홍색 실크 팬티를 바느질하고 있었다.

그녀는 살짝 당황하며 화덕에서 발을 빼고 의자 밑의

슬리퍼를 찾았다.

「오, 누구하고 같이 왔어……? 아, 선생님, 죄송해요…….」

식탁 위에는 커피가 담겼던 잔 하나와 케이크 부스러기가 남아 있는 접시 하나가 보였다.

「들어오세요…… 좀 앉으세요……. 프로스페르가 사람을 데리고 오는 일은 드문 편이라서…….」

방 안은 더웠다. 라디오가 켜져 있었다. 반짝반짝 빛나는 멋진 새 물건이었다. 샤를로트는 실내 가운 차림이었고, 스타킹은 돌돌 말려 무릎 아래까지 내려와 있었다.

「수사국 반장님이라고요……? 아니, 무슨 일이죠?」 동주가 매그레를 소개하자 그녀가 불안해하며 물었다.

「아무것도 아닙니다, 부인…… 난 오늘 마제스틱 호텔에서 할 일이 조금 있었고, 그러다 남편분하고 알게 된 거지요…….」

〈남편〉이라는 말에 그녀는 프로스페르를 쳐다보더니 웃음을 터뜨렸다.

「이 사람이 말하던가요? 우리가 결혼했다고?」

「그냥 내가 추측한 겁니다.」

「오, 아니에요! 좀 앉으시라니까요……. 우린 그저 같이 지내고 있을 뿐이에요. 우린 다른 사이라기보다는 그냥 친구에 가깝다고 생각해요. 안 그래, 프로스페르……?

피차 너무나도 오랫동안 알아 온 사이라서……! 아세요?
만일 내가 이 사람하고 결혼하길 원했다면……. 하지만
내가 이 사람에게도 항상 하는 소리지만, 그런다고 해서
뭐가 달라지는 게 있겠어요? 내가 아는 모든 사람들은 알
고 있어요. 내가 코트다쥐르에서 댄서였고, 또 업소 아가
씨였다는 걸…… 그리고 내가 이렇게 살이 찌지만 않았
어도, 퐁텐가의 나이트클럽 화장실에 배치되어 있지만은
않았을 거라는 걸……. 아 참, 프로스페르…… 라디오 청
취료는 갖다 냈어?」

「냈어.」

라디오에서는 어떤 농업 관련 프로그램을 예고하고 있
었다. 전원을 끈 샤를로트는 자기 실내 가운이 벌어진 것
을 보고는 여며서 옷핀으로 고정했다. 화덕 위에는 평범
해 보이는 스튜가 자글자글 끓고 있었다. 샤를로트는 저
녁 식사를 차려야 하는 건지 자문해 보고 있었다. 한편 프
로스페르 동주는 무엇을 해야 할지, 아니 어디에 서 있어
야 할지도 모르는 엉거주춤한 기색이었다.

「우리, 거실로 가도 될 것 같은데요……」 그가 제안했다.

「거실엔 불을 안 피웠잖아…… 몸이 꽁꽁 얼어붙을 거
라고! 두 분이 할 얘기가 있으면, 전 올라가서 옷을 갈
아입을게요……. 반장님, 우린 말이죠, 마치 숨바꼭질하
는 사람들처럼 살고 있답니다. 내가 들어오면 저 사람은

나가요. 또 저 사람이 들어오면 내가 곧 나갈 시간이라서, 둘이 같이 한 수저 뜰 시간밖에는 없어요. 둘 다 쉬는 날이어야 같이 좀 지낼 수 있지만, 그런 경우는 거의 없고…… 그래서 저 사람은 휴무일에도 자기가 손수 점심을 만들어 먹어야 한답니다……. 약주라도 한잔 드시겠어요……? 프로스페르, 당신이 대접해 드릴 거지……? 그럼 난 이만 올라가 볼…….」

매그레가 급히 말을 끊었다.

「오, 아니에요, 부인…… 제발 여기 계세요. 난 금방 떠날 겁니다……. 그게 말이죠, 오늘 아침에 마제스틱 호텔에서 어떤 범죄 사건이 일어났어요. 그래서 난 당신의…… 그러니까 당신의 친구분에게 몇 가지를 묻고 싶었던 거예요. 왜냐면 그게 지하실에서 일어났거든요. 이분이 거기에 혼자 있을 때 말이죠.」

이때 동주의 얼굴이 — 그런데 그는 물고기를 닮은 건가, 아니면 양을 닮은 건가? — 얼마나 고통스러운 불안감을 드러냈던지, 이 잔인한 장난을 계속하는 것은 쉬운 일이 아니었다. 동주는 침착함을 유지하려 애썼다. 그리고 그럭저럭 그런 모습을 보이고 있었다. 하지만 그러기 위해서 속으로는 얼마나 힘들었을까?

샤를로트만이 아무것도 눈치채지 못한 채, 금테를 두른 조그만 유리잔들에 술을 따랐다.

「직원들 사이에서 일어난 일인가요?」 그녀는 깜짝 놀랐지만, 특별히 동요하는 것 같지는 않았다.

「장소는 지하실이지만, 직원들 사이에 일어난 일은 아니에요. 이게 이 사건의 이상한 점이죠……. 자, 여기에 어떤 부유한 여성이 한 명 있다고 상상해 보세요. 자기 남편과 아들, 그리고 가정부 하나, 가정교사 하나와 함께 마제스틱 호텔에, 그것도 하루 숙박비가 천 프랑이 넘는 스위트룸에 방을 잡은 특급 손님이에요. 그런데 오늘 아침 6시, 그녀가 자기 방이 아니라 호텔 지하의 탈의실에서 목이 졸려 죽은 상태로 발견된 거예요. 범죄가 저질러진 곳도 십중팔구 거기인 것 같고요. 이 여자가 대체 무얼 하려고 지하실에 내려왔던 것일까요……? 과연 누가, 그리고 어떻게 그녀를 거기까지 내려오게 했을까요……? 특히나 그 시간에는 그런 종류의 손님들은 깊은 잠에 빠져 있는 게 보통인데 말입니다…….」

별건 아니었다. 샤를로트의 눈썹이 조금 움찔했을 뿐이다. 뇌리에 어떤 생각이 언뜻 스쳤지만, 곧바로 떨쳐 버리는 듯한 순간적인 표정이었다. 그녀는 화덕에 손을 쬐고 있는 프로스페르를 흘끗 한 번 쳐다보았다. 손가락이 뭉툭하고 붉은 털로 덮인 그의 손은 지금 새하얀 빛이었다.

하지만 매그레는 가차 없이 이어 갔다.

「이 미시즈 클라크가 무얼 하러 지하에 내려왔는지 밝혀내는 것은 결코 쉬워 보이지가 않네요……」

그는 숨을 죽이고, 아무 표정도 보이지 않으려 애쓰면서 테이블에 덮인 왁스 천 식탁보만 멀거니 응시하는 척했다. 바늘 떨어지는 소리까지 들릴 정도였다.

매그레는 샤를로트에게 충격을 가라앉힐 시간을 주고 있는 것 같았다. 그녀는 돌처럼 굳어져 있었던 것이다. 반쯤 벌어진 입술에선 아무 소리도 흘러나오지 않았다. 이윽고 어떤 애매한 소리가 들렸는데, 아마도 이렇게 말하려 했던 것이리라.

「아, 그렇군요……!」

어쩔 수 없는 일이었다! 이게 그의 직업이니까! 이게 그의 의무니까!

「부인께서도 그녀를 알고 계시는지 궁금하네요……」

「제가요?」

「그녀가 사용한 지 6년이 조금 넘었을 뿐인 미시즈 클라크라는 이름으로가 아니라, 에밀리엔, 아니 그보다도 미미라는 이름으로 말입니다……. 그녀는 칸에서 업소 아가씨였었죠. 그게 언제였냐면……」

불쌍한 뚱뚱이 샤를로트! 연극이 왜 그리도 서툰지! 기억을 더듬는 척, 천장을 올려다보는 품이라니! 자신은 전혀 모르겠다는 듯 멍한, 아니 지나치게 멍한 이 눈빛!

「에밀리엔……? 미미……? 아뇨, 생각이 안 나는데요…….
그 여자가 칸에 있었다는 것은 확실한가요?」

「당시엔 〈라 벨 에투알〉이라고 불렸던 나이트클럽이
었지요. 크루아제트 거리 바로 뒤쪽에 있었던…….」

「아, 그래요……? 난 미미라는 여자는 전혀 기억에 없
는데…… 프로스페르, 당신은 생각나?」

그가 질식하여 쓰러지지 않는 게 이상할 정도였다. 왜
집게로 잡힌 듯 목이 꽉 막혀 있는 사람에게 말을 하게
만든단 말인가?

「아…… 아니…….」

겉으로 변한 것은 하나도 없었다. 여전히 주방에서는
벽에서 편안한 기운이 발산되는 아담한 집 특유의 좋은
냄새가 느껴졌고, 노릇노릇한 양파 위에서 자글자글 익
어 가는 고기의 구수한 냄새도 여전했다. 빨간 체크무늬
가 들어간 왁스 천 식탁보. 케이크 부스러기. 살찌는 체질
을 가진 대부분의 여자들처럼, 샤를로트 역시 혼자 있을
때는 페이스트리의 향연을 벌이곤 하리라!

그리고 이 연분홍 실크 팬티!

그런데 돌연, 여기에 어떤 비극이 몰아친 것이다. 꼬집
어 말할 수 있는 것은 전혀 없었다. 이때 누군가가 들어왔
다면, 동주네에서 어떤 이웃 손님을 따뜻하게 대접하고
있다고만 생각했으리라.

이제 아무도 입을 열지 못하고 있었다. 마맛자국으로 얼굴이 뽕뽕 뚫린 가련한 프로스페르는 그 보랏빛 감도는 파란 눈을 꾹 감고는 난로 앞에 서 있는데, 그 몸이 얼마나 기우뚱거리는지 저러다 그대로 부엌 타일 바닥에 쓰러져 버리는 건 아닌지 걱정이 될 정도였다.

매그레는 한숨을 내쉬며 자리에서 일어났다.

「폐를 끼쳐 죄송합니다…… 자, 나는 이만…….」

「제가 가서 문을 열어 드릴게요.」 샤를로트가 짐짓 수선을 떨었다. 「어차피 저도 옷을 갈아입어야 할 시간이에요. 10시까지 출근해야 하는데, 저녁에는 버스가 한 시간에 한 대밖에는 없어서…….」

「잘 있어요, 동주…….」

「안녕히…….」

그 뒤에 이어지는 말도 한 것 같은데 잘 들리지 않았다. 매그레는 바깥에 세워 둔 자전거를 찾았다. 현관문이 닫혔다. 하마터면 열쇠 구멍으로 안을 들여다볼 뻔했다. 하지만 누군가가 길을 내려오고 있었고, 매그레는 그런 점잖지 못한 자세를 들키고 싶지는 않았다.

브레이크를 계속 잡은 채로 비탈길을 내려간 그는 한 선술집 앞에 멈춰 섰다.

「내일 아침에 찾으러 올 테니, 이 자전거 좀 맡아 주시겠소?」

그는 아무거나 한 잔을 주문해 마신 다음, 생클루 다리로 가서 버스를 탔다. 한 시간 전부터 뤼카 형사가 온 사방으로 전화하며 자신의 상관을 애타게 찾고 있었다.

3

〈펠리캉〉의 샤를로트

「아, 드디어 나타나셨군요, 매그레 씨!」

리샤르르누아르가에 있는 자신의 아파트 현관 문턱에
선 반장은 자신도 모르게 미소를 머금었다. 그건 아내가
자기를 〈매그레 씨〉라고 불러서가 아니었다. 그녀는 농
담을 할 때 남편을 종종 그런 식으로 불렀다. 그가 미소
를 지은 건, 얼굴에 훅 끼쳐 오는 이 훈기에 곧바로 떠오
르는 게 있었기 때문이다.

여기는 생클루에서 멀리 떨어진 곳이었고, 매그레는 동
주와 그 동거녀와는 사뭇 다른 환경에 살고 있었다. 하지
만 돌아와 보니 매그레 부인 역시 — 부엌이 아니라 식당
에서, 그리고 두 발은 화덕이 아니라 벽난롯가에 척 걸쳐
놓고서 — 바느질이 한창이었다. 그리고 여기에도 분명
히 어딘가에 먹다 남은 케이크 조각들이 굴러다니고 있
을 거라고 매그레는 장담할 수 있었다.

둥근 식탁 위에는 천장 등이 길게 매달려 있었다. 식탁보 위에는 너부죽한 형태의 커다란 수프 단지, 포도주 담긴 유리병, 물병, 은고리로 묶인 냅킨 등이 보였다. 주방에서 흘러나오는 냄새는 저쪽에서 맡았던 스튜 냄새와 조금도 다르지 않았다…….

「당신에게 전화가 세 번이나 걸려 왔어요.」

「집에서?」

그와 그의 동료들은 수사국을 〈집〉이라고 불렀다. 매그레는 만족스러운 한숨을 쉬며 외투를 벗은 다음, 벽난로 위에 잠시 손을 쬐었고, 조금 전에 프로스페르 동주도 똑같은 동작을 했었다는 걸 기억했다. 이윽고 그는 수화기를 집어 들어 번호를 눌렀다.

「반장님이세요?」 수화기 저편에서 뤼카의 낯익은 목소리가 들렸다. 「괜찮으세요……? 뭐 새로운 건 없고요……? 전반장님께 알려 드릴 게 있어서 이렇게 남아 있었어요……. 먼저 그 가정교사 얘긴데요…….

마제스틱 호텔에서 나오는 그녀를 장비에 형사가 미행했습니다. 그런데 장비에가 뭐라고 하는지 아세요……? 그녀는 자기 나라에서 가정교사가 아니라 분명히 갱이었을 거라네요…….

여보세요……? 자, 무슨 일이 있었는지 간단히 말씀드리겠습니다……. 그녀는 반장님하고 얘기를 나누고 나서 잠시 후에 호텔을 떠났는데요…… 호텔 주차 요원이 잡아 주는 택시를 타는 대신, 불법으로 끼어든 택시에 냉큼 올라타 그대로 출발해 버리는 통에, 장비에는 그녀를 놓치지 않으려고 죽을 똥을 쌌답니다…….

그녀는 그랑불바르 역에서 택시에서 내려 지하철역으로 뛰어 들어갔고요…… 그다음에는 출구가 두 개 있는 건물로 들어가는 장난까지 치더랍니다……. 그래도 장비에는 그녀를 겨우겨우 쫓아가서 리옹 역에 이르게 됐는데요…… 마침 수중에 지닌 돈이 충분치 않아서, 혹시 저 여자가 기차를 타면 어떡하나, 겁이 나더랍니다…….

4번 플랫폼에서 로마행 급행열차가 곧 출발하려고 했대요……. 아직 10분 정도 남아 있었는데…… 엘런 대로먼은 돌아다니면서 객차를 일일이 들여다보더랍니다……. 결국 그녀가 속이 상한 표정으로 돌아가려 하는데, 아주 세련된 차림의 키 큰 친구 하나가 여행 가방을 들고 도착하더래요…….」

「오즈월드 J. 클라크…….」 매그레는 그의 이야기를 들으며 자기 아내 쪽을 막연히 쳐다보았다. 「당연히 그녀는 그에게 상황을 알리고 싶었겠지…….」

「장비에의 말에 따르면, 두 사람이 만나는 폼이 전혀 고용주와 직원 사이 같지가 않고 꼭 친한 친구 사이 같더랍니다……. 반장님은 클라크를 보셨어요……? 약간 마른 듯하면서도, 키가 크고 탄탄한 체격에 야구 선수처럼 건장하면서도 솔직해 보이는 인상의 친구래요……. 두 남녀는 얘기를 나누면서 플랫폼을 따라 성큼성큼 걸었답니다. 다시 말해서 클라크는 그래도 떠날까 하고 망설이는 기색이었다는 거예요. 그는 열차가 움직이기 시작했는데도 아직 결정을 못 내렸는지, 승강구 발판에 뛰어오르려고까지 했답니다.

결국 그들은 함께 역을 나와, 택시를 불러 세웠죠. 그리고 몇 분 후, 가브리엘가에 있는 미국 대사관에 도착했습니다.

그러고 나서는 프리들랑가에 있는 한 미국인 고문 변호사, 즉 그들 말로 〈솔리시터〉[2]라고 하는 사람을 찾아갔어요.

이 솔리시터는 우리 수사 판사님에게 전화를 걸었고요, 40여 분 후에 세 사람은 팔레 드 쥐스티스[3]에 도착하여 곧바로 판사님 방으로 인도되었습니다.

거기서 무슨 일이 있었는지는 잘 모르겠습니다만, 어쨌든 판사님은 반장님이 들어오시는 대로 자기한테 전화

2 〈법정 변호사barrister〉와 구별하여, 법정 밖에서 법률 서비스를 하는 변호사를 〈사무 변호사solicitor〉라고 한다. 원래는 미국이 아니라 영국에서 주로 쓰는 표현이다.
3 파리 시테섬에 위치한 건물로 중죄 재판소 등 여러 사법 기관이 모여 있다.

해 달라고 하셨어요. 아주 급한 일 같아 보였습니다.

장비에의 보고 내용을 끝맺자면, 그 세 사람은 팔레 드 쥐스티스에서 나와 시신을 공식 확인하기 위해 법의학 연구소로 갔답니다……. 마침내 마제스틱 호텔에 돌아와서는, 그 아가씨는 객실로 올라가고, 클라크는 솔리시터와 함께 바에서 위스키 두 잔을 마셨다네요.

반장님, 이게 전부입니다. 판사님께서 반장님과 급히 통화하고 싶으신 것 같았어요……. 지금이 몇 시죠……? 8시까지는 자택에 계신답니다. 자택 전화번호는 튀르비고 25-62고요……. 그다음에는 친구분 댁에 가서 저녁 식사를 하시기로 했다는데, 그 번호도 제게 주셨어요……. 잠깐만요…… 네, 갈바니 47-53이네요.

자, 반장님, 더 필요한 건 없으신가요……? 그럼 안녕히 계세요……. 오늘 밤 당직은 토랑스입니다.」

「자, 수프를 내올까요?」 매그레 부인은 한숨을 푹 쉬며, 드레스 자락을 흔들어 실밥들을 털어 내며 물었다.

「우선 내 턱시도부터 준비해 주오.」

8시가 지난 시간이었으므로 그는 갈바니 47-53에 전화를 걸었다. 한 젊은 검사 대리 집의 전화번호였다. 어느 하녀가 전화를 받았는데, 포크가 부딪히는 소리며 즐겁게 떠드는 목소리들도 들렸다.

「판사님을 불러 드릴게요……. 전화한 사람이 누구라

고 하셨죠……? 뭐, 네그레 반장……?」

열린 침실 문을 통해 거울이 달린 장롱과 거기서 그의 턱시도를 꺼내는 매그레 부인의 모습이 보였다.

「아, 반장이오……? 음…… 그러니까…… 가만, 당신 영어 할 줄 모르시지……? 여보세요? 전화 끊지 말아요……. 흠, 그러리라 생각했소……. 어쨌든 내가 하고 싶은 말은…… 음…… 물론 이 사건에 관한 건데……. 에, 그러니까 클라크와 그의 고용인들은…… 반장이 다루지 않는 편이 나을 것 같다고…… 그러니까 직접적으론 말이오…….」

매그레의 입가에 엷은 미소가 떠올랐다.

「오늘 오후에 클라크 씨가 가정교사와 함께 날 찾아왔소. 아주 유력한 인물로, 인맥도 대단하더군……. 그가 오기 전에 미국 대사관에서 내게 전화를 해서는 그에 대해 아주 좋게 얘기해 주었소……. 무슨 말인지 이해하시겠소……? 이런 상황에서 멍청한 짓은 안 하는 게 좋다는 얘기지. 어쨌든 클라크 씨는 자신의 솔리시터를 대동하고 날 찾아와서는 자신의 진술을 등재해 달라고 요구했소. 여보세요? 반장, 지금 듣고 있소……?」

「물론이죠, 판사님! 계속 얘기하세요!」

이제 배경음으로 들리는 것은 포크 소리뿐이었다. 사람들이 대화를 멈춘 것이다. 검사 대리의 손님들이 판사가 하는 말에 귀를 기울이는 모양이었다.

「자, 일이 어떻게 된 건지 간단히 알려 주겠소……. 원한다면 내일 아침에 내 서기가 당신에게 진술서를 보여줄 수 있을 거요. 클라크 씨는 정말로 로마에 가려던 참이었소. 그다음에는 사업차 다른 수도들도 방문할 예정이었지……. 얼마 전부터 그는 미스 엘런 대로먼과 약혼한 사이인데…….」

「잠깐, 판사님! 지금 〈약혼〉이라고 하셨나요? 난 클라크 씨가 기혼자인 걸로 알고 있었는데?」

「물론이지! 물론! 하지만 곧 이혼할 생각을 하고 있었소. 그의 아내는 아직 모르는 상태였고……. 그래서 약혼했다고 할 수 있는 거요. 그는 이번 로마 여행의 기회를 이용하여…….」

「우선 미스 대로먼과 파리에서 하룻밤을 같이 보낸 거구먼요?」

「그렇소. 하지만 반장, 그렇게 비꼬는 어조로 말하는 건 옳지 않소. 난 클라크에게서 아주 좋은 인상을 받았소. 그 사람 나라의 풍속은 우리와는 조금 다르고, 거기서 이혼이란……. 간단히 말해 그는 자기가 간밤에 시간을 어떻게 보냈는지, 자발적으로 설명해 준 거요. 당신이 없어서 일단 뒤퀴앵 형사에게 확인을 지시해 놨지만, 난 클라크의 진술이 거짓이 아니라고 확신하고 있소. 상황이 이러한데, 만일 우리가 바보같이 군다면…….」

판사가 실제로 하고 싶은 말은 이러했을 것이다.

〈지금 우리 앞에 있는 사람은 미국 대사관의 보호를 받는 상류 사회 인사요. 이런 상황에선 당신은 끼어들지 마시오. 왜냐면 당신은 이 일을 서투르게 처리하다가 그를 기분 나쁘게 할 위험이 있으니까. 당신은 그저 지하실에서 일하는 사람들, 하인들이나 조사하시오. 클라크는 내가 알아서 할 거요!〉

「알겠습니다, 판사님! 안녕히 계세요, 존경하는 판사님……」

그러고는 자기 아내에게 고개를 돌리며,

「자, 매그레 부인, 수프를 주셔도 될 것 같소!」

자정이 조금 못 된 시각이었다. 수사국의 거대한 복도는 텅 비었고, 흐릿한 조명으로 침침한 것이 마치 뿌연 안개로 채워져 있는 듯한 느낌이었다. 매그레는 좀처럼 신는 일이 없는 반들반들한 구두 차림이었는데, 그 발걸음 소리는 첫 영성체 배령자의 그것만큼이나 어색하게 울렸다.

자기 사무실에 들어간 그는 우선 난로 속을 쑤석여 불길을 돋웠고, 그런 다음에 잇새에 파이프를 문 채로 형사들이 사용하는 사무실 문을 열었다.

뒤퀴앵이 거기 있었다. 토랑스에게 무슨 재미있는 이야기라도 들려주고 있는지, 두 사내는 기분이 사뭇 좋아

보였다.

「그래, 무슨 얘기들이야?」

이렇게 말한 매그레는 잉크가 꺼멓게 밴 탁자 한구석에 엉덩이를 척 걸치고서는 파이프를 흔들어 재를 바닥에 털었다. 여기는 옷차림을 흐트러도 되고, 모자를 목덜미까지 젖혀 써도 상관없는 곳이었다. 두 형사는 브라스리[4] 도핀에서 맥주를 배달시켜 마시고 있었고, 반장은 부하들이 자기 것도 챙겨 놓았다는 사실을 흐뭇하게 확인했다.

「반장님, 이 클라크가 얼마나 재미난 친구인지 아세요? 실은 제가 마제스틱 호텔 바에 가서 그 친구를 살펴보고 왔습니다. 어떻게 생겼는지 좀 보고, 인상착의를 머릿속에 새겨 두려고요. 그렇게 옆에서 보니까 사업가나 딱딱한 신사처럼 느껴지더군요. 그런데 말입니다! 그가 간밤에 어떻게 시간을 보냈는지 알게 됐으니 하는 말인데요, 그 친구, 사실은 완전히 애입니다, 애!」

토랑스는 진주 두 알로 장식된 눈부시게 새하얀 반장의 가슴 장식을 자신도 모르게 흘끔흘끔 곁눈질했다. 그가 이런 차림으로 나타나는 것은 매일 있는 일이 아니었기 때문이다.

「자, 제 얘길 한번 들어 보세요. 그와 그 아가씨는 먼저

4 맥주와 간단한 식사를 파는 대중 주점.

한 끼 12프랑 하는 르픽가의 한 싸구려 식당에서 저녁 식사를 했습니다. 그게 어떤 종류의 식당일지 상상이 가시죠? 그들은 식당 사장의 눈에 띄었답니다. 왜냐면 그 집에서 진짜 샴페인을 주문하는 손님은 드물거든요. 그러고 나서 그들은 어디에 회전목마가 있느냐고 묻더랍니다. 프랑스어를 잘 못하니까 손짓 발짓으로 물어본 모양이에요. 결국 사장은 그들을 트론 유원지로 보냈답니다.

거기서 전 그들의 발자취를 찾아낼 수 있었어요. 그들이 정말로 회전목마를 탔는지는 확인하지 못했지만, 아마 타지 않았겠어요……? 공기총을 쏜 것은 확실합니다. 왜냐면 클라크가 거기다 백 프랑이 넘는 돈을 남기고 가서, 주인아줌마 입을 딱 벌어지게 만들었으니까요.

자, 어떤 종류의 친구인지 대충 감이 잡히시죠? 그들은 마치 두 젊은 연인처럼 팔짱을 끼고 군중에 섞여 돌아다녔답니다……. 하지만 진짜 재미있는 대목은 이제부터니, 잘 들어 보세요!

반장님도 〈무쇠 팔 외젠〉 아시죠? 차력 시범 후에 외젠은 구경꾼들에게 완력 대결을 제안했대요. 먼저 프로 레슬러처럼 생긴 거인 하나가 도전했답니다. 그런데 바로 우리의 클라크가 그와 맞붙겠다고 나선 겁니다! 누리끼리한 천 뒤로 가서 옷을 벗어부치고 오더니만, 문제의 거한에게 냅다 한 방 먹였다는 거예요. 아가씨는 구경꾼들

맨 앞줄에서 박수를 쳐대며 법석을 떨었겠죠. 그리고 사람들은 외쳐 댔고요.

〈영국 놈, 힘내라! 코에다 한 방 먹여!〉

그런 후에 우리의 연인들은 물랭 드 라 갈레트에 춤을 추러 갔습니다……. 새벽 3시에는 라 쿠폴 레스토랑에서 구운 소시지를 시켜 먹었고요, 그리고 나서는 얌전하게 자러 들어간 것 같아요.

에글롱 호텔에는 도어맨은 없고 수위만 하나 있는데, 이 수위는 골방에서 잠을 자다가 누군가 들어오는 사람이 있으면 그게 누구인지 별로 신경 쓰지도 않고 그냥 끈만 당겨 문을 열어 준답니다. 그런데 이 사람 기억으론, 새벽 4시경에 영어로 말하는 소리를 들은 것 같대요. 그다음에는 아무도 나간 사람이 없었다고 주장하고 있고요.

자, 반장님! 마제스틱 호텔에 투숙하는 사람치고는 참 희한하게 보낸 저녁 시간 같지 않습니까?」

매그레는 가타부타 말이 없이, 중요한 일이 있을 때만 차고 다니는 손목시계(그의 결혼 20주년 선물이었다)를 들여다본 다음, 지금껏 의자 대신 앉아 있던 탁자에서 일어섰다.

「자, 그럼 다들 좋은 밤 보내도록…….」

작별 인사를 하는가 싶었는데 벌써 문에 가 있던 그는 다시 돌아오더니만 유리잔에 남은 맥주를 마저 들이켰다. 밖으로 나온 그는 2백~3백 미터를 걷고서야 겨우 택시를 잡을 수 있었다.

「퐁텐가로 갑시다.」

새벽 1시였다. 유흥가 몽마르트르의 밤은 절정에 달해 있었다. 나이트클럽 펠리캉의 문턱에서 한 흑인이 그를 맞아 주었고, 휴대품 보관실에서 모자와 외투를 벗어 놓아야만 했다. 솜으로 된 알록달록한 공들과 색종이 테이프들이 어지러이 춤을 추는 홀에 들어선 그는 이런 장소가 어색하기만 한지라 몸이 약간 기우뚱거렸다.

「플로어 옆 테이블로 모실까요? 자, 이쪽으로 오시죠! 혼자이신가요?」

그는 자신이 누구인지 알아보지 못하는 웨이터에다 대고 이렇게 내뱉을 뻔했다.

〈멍청한 녀석!〉

반면에 바텐더는 멀리서 그를 알아보고는, 마호가니 카운터에 팔꿈치를 괸 두 업소 아가씨에게 벌써부터 뭐라고 속닥거리고 있었다.

손님으로 자리에 앉은 매그레는, 이곳에선 맥주가 제공되지 않기 때문에, 대신 물 탄 브랜디 한 잔을 주문했다. 그렇게 10분이 흘렀을 때, 사장이 소식을 듣고 달려와 그의 앞에 앉았다.

「무슨 골치 아픈 일이 있는 건 아니겠죠, 반장님? 아시겠지만 우린 항상 정상적으로 영업해 왔고······.」

그는 홀을 둘러보며, 경찰의 이 뜻밖의 방문을 초래했을 만한 것이라도 있는지 찾아봤다.

「오, 아무것도 아니오.」 매그레가 손을 저었다. 「난 그저 머리 좀 식히고 싶어서······.」

그러면서 호주머니에서 파이프를 꺼냈는데, 그게 이곳에선 맞지 않는 행동이라는 사실을 사장의 시선에서 읽고는 한숨과 함께 도로 집어넣었다.

「혹시 어떤 것이라도 알고 싶으신 게 있다면······.」 사장은 한쪽 눈을 찡긋하며 속삭였다. 「하지만 우리 직원들에 대해선 내가 완전히 파악하고 있어요. 지금 여기에 반장님의 관심을 끌 만한 사람이 있다곤 생각지 않습니다. 그리고 손님들에 대해 말하자면, 보시다시피······ 뭐, 평소와 조금도 다름이 없습니다. 외국인들······ 지방에서 오신 분들······ 아, 저기! 저기 레아와 같이 있는 분은 국회의원입니다.」

매그레는 일어서서 그 둔중한 몸을 움직여 화장실로 통하는 층계 쪽으로 향했다. 화장실은 지하에 있었고, 네 벽이 푸르스름한 타일로 덮인 아주 밝은 공간이었다. 반들거리는 마호가니 재질의 전화 부스들. 거울들. 그리고 기다란 테이블 위에 널려 있는 무수한 화장 도구, 빗, 화장 솔, 손톱 손질용품 케이스, 오만 가지 색깔의 파우더며

루주들, 그리고…….

「그 인간하고 춤을 추면 항상 이렇다니까! 샤를로트, 스타킹 한 켤레 줘!」

야회복 차림의 조그만 여자가 의자 위에 앉아서, 벌써 스타킹 한쪽을 벗어부치고 있었다. 그녀는 그렇게 치맛자락을 높이 걷어 올린 채로, 샤를로트가 서랍을 뒤지고 있는 동안 자신의 벗은 발을 들여다보고 있었다.

「여전히 얇은 44호로 할 거야?」

「그거면 돼! 달라고……! 젠장, 남자가 춤을 못 추면, 최소한…….」

그녀는 거울을 통해 매그레를 봤고, 그를 힐끔힐끔 쳐다보면서 새 스타킹 신는 작업을 계속했다. 샤를로트도 몸을 돌리다가 그를 발견했다. 반장은 그녀의 얼굴이 창백해지는 걸 보았다.

「아, 반장님이시군요…….」

그녀는 애써 웃으려 했다. 그녀는 더 이상 저쪽, 생클루의 단독 주택에서 봤던 그 여자가 아니었다. 두 발을 화덕에 집어넣은 채, 페이스트리를 실컷 퍼먹고 있던 여자 말이다.

그녀의 금발은 얼마나 공들여 손질했는지 컬 하나하나가 조각처럼 단단하게 느껴졌다. 살갗은 과자같이 선명한 분홍색이었다. 매우 단순한 형태의 검정 실크 드레스로 몸의 풍만한 굴곡이 한껏 강조된 샤를로트는 고전극의 하녀들에게서나 볼 수 있는 예쁜 레이스 앞치마까지 두르고 있었다.

「샤를로트, 이것 값은 나중에 다른 것들하고 한꺼번에 계산할게.」

「그래, 그렇게 해……」

조그만 아가씨는 방문객이 자기가 나가 주기만을 기다리고 있다는 걸 이해하고는, 구두를 신은 다음 부리나케 위쪽의 홀로 올라가 버렸다.

한편 화장용품들을 정리하는 척하고 있던 샤를로트는 마침내 결심했는지 이렇게 물었다.

「저한테 하실 말씀이라도 있나요?」

매그레는 대꾸하지 않았다. 그는 새 스타킹의 아가씨가 비워 놓고 간 의자에 가서 앉았다. 그리고 지하에 내려온 김에 파이프를 한 대 피우기로 하고, 천천히, 그리고 정성껏 연통에 담배를 다져 넣었다.

「내가 뭔가를 알고 있다고 생각하신다면, 그건 잘못 생각하신 거예요.」

천성적으로 차분한 여자들이 오히려 감정이 겉으로 잘 드러난다는 사실은 놀랍지 않은가? 그녀는 침착함을 유지하려 애를 썼지만 자신도 모르게 얼굴이 붉으락푸르락 해졌고, 물건을 잡는 손길은 또 얼마나 서투른지 급기야 손톱 다듬는 줄까지 떨어뜨리고 말았다.

「전 아까 집에서 반장님이 절 쳐다보는 시선을 보고 눈치챘어요. 지금 반장님은 상상하시기를⋯⋯.」

「물론 당신은 미미라는 이름의 댄서인지 업소 아가씨인지가 누구인지 전혀 모르시겠지. 그렇지 않소?」

「네, 전혀 몰라요!」

「하지만 당신은 오랫동안 칸의 업소에서 일했단 말이야⋯⋯. 미미도 그 기간 동안⋯⋯.」

「칸에 나이트클럽이 하나만 있는 것은 아니잖아요. 또 내가 그 도시의 모든 사람들과 알고 지낸 것도 아니고⋯⋯.」

「당신이 일했던 곳이 라 벨 에투알이 맞소?」

「맞아요. 그런데요?」

「아니 그냥⋯⋯ 난 단지 당신과 잠시 잡담이나 나누려고 들른 거라오⋯⋯.」

그들은 족히 5분은 입을 다물고 있었다. 손님 하나가 내려와서는 손을 씻고 머리를 빗은 뒤, 천 조각을 달라고 하여 구두에 광을 냈다. 그가 마침내 5프랑짜리 동전 하나를 접시에 내려놨을 때, 매그레는 다시 말을 이었다.

「난 프로스페르 동주에게 큰 호감을 느끼고 있소⋯⋯. 분명히 세상에서 가장 착한 남자일 거라⋯⋯.」

「그것만이 아니에요! 반장님은 그가 어떤 사람인지 잘 모르실 거예요!」 그녀는 열띤 목소리로 외쳤다.

「그는 불우한 어린 시절을 보냈고, 고생 속에서도 계속 노력하며 살아온 것 같더군⋯⋯.」

「그 사람이 졸업장 하나 없으면서도 모든 것을 독학으로 배웠다는 사실은 아시나요? 그의 커피 준비실을 뒤져 보신다면 우리 같은 사람들은 읽지 않는 종류의 책들을 찾아내게 될 거예요. 그는 항상 배움에 대한 열정을 간직하고 있었답니다. 그의 꿈이 뭐였냐 하면⋯⋯.」

그녀는 말을 뚝 끊더니, 흐트러진 거조를 가다듬었다.

「지금 전화벨이 울리지 않았나요?」

「아니, 그런 일 없소.」

「제가 무슨 말을 했었죠?」

「그의 꿈이 뭐였냐 하면⋯⋯.」

「그래요⋯⋯ 까짓것, 숨길 것 있겠어요? 그는 아이를 하나 가져서, 훌륭한 인물로 키우고 싶어 했어요⋯⋯. 하지만 정말 불쌍하게도 저 같은 여자에게 걸려 버린 거죠⋯⋯. 전 수술을 받고 나서 아이를 가질 수 없는 몸이 되었거든요.」

「장 라뮈엘에 대해선 아시오?」

「아뇨. 그가 거기 경리 주임이고 병이 있다는 것만 알아요. 프로스페르는 마제스틱 호텔에서 일어난 일들에 대해선 별로 얘기하는 법이 없지요. 여기서 일어나는 일들을 시시콜콜히 떠들어 대는 나와는 달라요.」

이제 어느 정도 그녀를 안심시켰다고 생각한 매그레는 조금 더 진도를 나가 보기로 했다.

　「한데 말이오, 내가 놀란 게 뭔지 아시오? 가만, 이건 수사 기밀이라 말하면 안 되는 건데…… 하지만 이건 우리끼리 하는 얘기니까……. 글쎄, 그 미시즈 클라크의 핸드백에서 발견된 권총은 알고 보니 그 전날 생토노레 지구의 한 총포상에서 구입한 거였다오……. 당신은 이게 놀랍지 않으시오? 뉴욕에서 와서 샹젤리제의 한 특급 호텔에 투숙한 이 부유한 여인이, 그리고 결혼하여 아이까지 있는 한 가정의 어머니가 별안간 권총을 사야 할 필요성을 느끼게 됐다는 사실이 말이오……. 더욱이 그것은 여성용 소형 권총이 아니라 만만찮은 위력의 무기였다오.」

　그는 그녀를 쳐다보는 걸 피했다. 대신 너무도 멋쟁이로 변한 자신의 모습에 놀란 듯, 반들거리는 구두코만 뚫어지게 내려다보고 있었다.

　「그런데 이 여인이 몇 시간 후에 살그머니 직원용 층계로 들어가 호텔 지하실까지 내려간 거요……. 정황이 이러하니, 그녀에게 어떤 약속이 있었다는 건 분명하지 않겠소? 또 그녀가 무기를 구입한 것은 이 약속에 대비하기 위함이었다고 어떻게 결론짓지 않을 수 있겠냔 말이오……? 자, 우리 이제 이렇게 한번 가정해 봅시다. 지금은 지체 높은 분이 된 이 여인이 몹시도 파란 많은 과거를 가지고 있었는데, 그 과거를 알고 있는 누군가가 그녀를 협박하려 했다고 말이오……. 혹시 장 라뮈엘이 코트다 쥐르에 산 적이 있는지 모르시오? 또 세비오라는 별명의 직업 댄서는?」

「전 그 사람은 누구인지도 몰라요.」

매그레는 쳐다보지 않고도, 그녀가 울음을 터뜨리기 직전이라는 걸 알았다.

「사실, 그녀를 살해했을 가능성이 있는 사람이 또 있긴 하오. 야간 담당 수위인데, 새벽 6시경에 지하실에 내려왔거든. 프로스페르 동주가 직원용 층계 쪽에서 그 사람 발소리를 들었다고 하더군……. 또 각 층 담당 웨이터들도 쉽사리 지하실에 내려올 수 있고……. 어쨌든…… 당신이 칸에서 미미를 몰랐다니 참 유감이오. 당시 그녀가 알고 지냈던 사람들에 대한 정보를 주실 수 있었을 텐데 말이야……. 할 수 없지, 뭐! 칸까지 내려가는 것은 가급적 피하고 싶었는데……. 만일 거기에서도 그녀를 아는 사람을 찾아내지 못한다면 정말 큰일인데 말이야……..」

그는 일어섰다. 파이프 재를 털어 내고는, 접시에 넣을 동전을 찾는 것처럼 호주머니를 뒤졌다.

「그러지 마세요!」 그녀가 만류했다.

「안녕히 계시오……. 칸에 가는 기차가 몇 시에 있는지 모르겠네…….」

그는 홀에 돌아오자마자 술값을 치른 다음, 부리나케 맞은편의 바로 달려갔다. 이 일대의 유흥업소 직원들이 모두 드나드는 담배 파는 카페였다.

「미안하지만 전화 좀 씁시다.」

그는 중앙 교환국을 불렀다.

「여기 수사국이오. 아마 잠시 후에 펠리컹 나이트클럽에서 칸의 어떤 번호에 연결해 달라는 요청이 들어올 거요. 그럼 바로 연결해 주지 말고, 내가 거기 도착할 때까지 기다려 주시오.」

그리고 지체 없이 택시를 잡아탔다. 그렇게 중앙 교환국으로 달려간 그는 야간 책임자에게 자신을 소개했다.

「내게 도청기를 하나 내주시오. 칸에 연결해 달라는 요청이 들어왔소?」

「방금 전에요……. 그게 어디 번호인지 한번 찾아봤습니다. 밤새도록 영업하는 〈브라스리 데자르티스트〉더군요……. 자, 이제 연결해 줄까요?」

매그레는 헤드폰을 쓰고 기다렸다. 역시 헤드폰을 쓴 여자 교환수들이 호기심 어린 눈으로 그를 쳐다보았다.

「여보세요……? 마드무아젤께서 요청하신 칸의 18-43번으로 연결해 드리겠습니다.」

「고맙습니다……. 여보세요, 거기 브라스리 데자르티스트죠……? 지금 전화 받은 게 누구야……? 아, 장이야……?

나 샤를로트야…… 그래, 라 벨 에투알에 있던 샤를로트……! 잠깐만…… 문 좀 닫고 올게……. 저기에 누가 있는 것 같아서……」

그녀가 누군가에게 말하는 소리가 들렸다. 아마 어떤 손님인 듯했다. 이어 문이 닫히는 소리가 들렸다.

「장, 내 말 잘 들어…… 아주 중요한 얘기야……. 자세한 사정은 편지로 설명해 줄게……. 아니, 그러면 안 되겠지! 그건 너무 위험해……. 그냥 이 일이 모두 끝나면 내가 직접 찾아갈게……. 지지, 걔 아직도 거기 있어……? 어, 뭐라고……? 뭐, 상관없어……. 걔한테 가서 꼭 전해 줘. 만일 누가 미미에 대해서 물어보면…… 너, 미미 생각나……? 아니지, 넌 그땐 아직 없었으니까…… 어쨌든 누가 그녀에 대해 물어보면…… 그래! 자기는 아무것도 모른다고 대답하라고 전해……! 특히 프로스페르에 대해서는 입도 벙긋하지 말라고 말이야……」

「프로스페르가 누군데?」 수화기 저편의 목소리가 물었다.

「넌 신경 쓸 것 없어……. 어쨌든 그녀는 프로스페르를 모르는 걸로 하라고! 알았어……? 미미도 마찬가지고……. 여보세요! 끊지 말고 있어……! 지금 누가 이 선에 연결되어 있나요?」

매그레는 그녀가 갑자기 경계심을 품었다는 것을 눈치

챘다. 누군가가 자기 통화를 엿듣고 있는지도 모른다는 생각이 스친 모양이었다.

「장, 알았어⋯⋯? 자, 널 믿어도 되겠지⋯⋯? 전화 끊을게. 지금 누가 와서⋯⋯.」

매그레도 헤드폰을 벗고는 꺼진 파이프에 다시 불을 붙였다.

「원하는 것을 알아내셨습니까?」 교환국 책임자가 물었다.

「아, 그럼요! 자, 이번엔 리옹 역으로 좀 연결해 주시오⋯⋯. 칸행 열차가 몇 시에 있는지 알아봐야 하니까⋯⋯. 아, 제발⋯⋯.」

그는 잔뜩 찌푸린 눈으로 자신의 턱시도를 내려다보았다. 아, 제발 시간이 되면 좋으련만⋯⋯.

「여보세요⋯⋯! 뭐라고요⋯⋯? 4시 17분⋯⋯? 그리고 거기 도착 시각은 오후 2시라고요⋯⋯? 고맙소⋯⋯.」

딱 리샤르르누아르가까지 한걸음에 달려가, 매그레 부인이 툴툴거리는 것을 웃어넘기고 이렇게 부탁할 시간밖에 없었다.

「내 양복 내줘요, 빨리⋯⋯. 셔츠 한 벌과 양말도 좀 챙겨 넣고⋯⋯.」

그리하여 4시 17분, 그는 코트다쥐르행 열차 안에 있었다. 맞은편에는 끔찍이도 못생긴 페키니즈 한 마리를 무릎에 올려놓은 부인이 앉아 있었는데, 그녀는 그가 개를 사랑하지 않는 사람이라고 의심하는 듯, 삐딱한 눈으로 흘겨보고 있었다.

거의 같은 시각, 샤를로트는 여느 밤과 마찬가지로 택시에 올라탔다. 펠리캉의 손님들을 주 고객으로 삼는 택시였는데, 그녀는 무료로 집까지 데려다주었다.

5시, 프로스페르 동주는 차 문 닫히는 소리, 엔진 부르릉대는 소리, 발걸음 소리, 그리고 열쇠 구멍에서 열쇠 돌아가는 소리를 차례로 들었다.

하지만 주방에서 가스가 퓌이 하는, 항상 듣는 그 소리는 들리지 않았다. 샤를로트는 1층에서 멈추지 않고 곧바로 층계를 뛰어 올라와서는 문을 왈칵 밀면서 소리쳤다.

「프로스페르······! 내 말 들어 봐! 아이, 자는 척하지 말고······! 그 반장이 말이야······.」

그녀는 설명을 시작하기에 앞서 답답한 브래지어의 단추부터 끌렀고, 또 허리의 거들도 내려가게 하여 스타킹이 순식간에 쭈글쭈글해졌다.

「우리 심각하게 대화 좀 해야겠어! 아, 좀 일어나라고! 누워 있는 사람하고 얘기하는 게 쉽다고 생각해?」

4

지지와 카니발

세 시간 동안, 매그레는 꿈과 현실 사이 일종의 노 맨스 랜드*no man's land*를 헤매고 있는 듯한 기분 나쁜 느낌에 사로잡혀 있었다. 그 자신이 문제가 있었던 탓일까? 리옹에서 조금 더 갔을 때까지, 어쩌면 몽텔리마르에 이를 때까지, 기차는 안개의 터널 속을 달리고 있었다. 개를 안은 앞의 여자는 계속 그 자리에 붙어 있었지만, 비어 있는 다른 칸막이 객실은 하나도 없었다.

매그레는 좀처럼 안정이 되지 않았다. 무엇보다도 너무 후덥지근했다. 차창을 내리면 반대로 너무 추워졌다. 그래서 식당 칸으로 간 그는 기분을 좀 바꿔 보고자 이것저것 마셨다. 먼저 커피를 마셨고, 다음에는 브랜디를, 또 그다음에는 맥주를 마셨다.

오전 11시경, 이제 속이 온통 뒤집힌 그는 뭣 좀 먹으면 나아질까 해서 베이컨 에그를 주문했으나, 이것도 별 효

력이 없었다.

간단히 말해서 그는 간밤에 잠을 못 잔 것과 장시간 기차 여행의 여파로 쓰러지기 일보 직전의 상태였다. 기차가 마르세유에서 출발하자 그는 마침내 자기 자리에 널브러져 입을 헤벌린 채로 잠이 들었고, 〈칸!〉이라고 외치는 소리에 소스라칠 듯 깨어나서는 한동안 멍하니 앉아 있었다.

7월 14일의 그것만큼이나 눈부신 햇살 속에서 미모사 꽃이 사방에 만발해 있었다. 기관차에도, 객실 열차에도, 기차역의 쇠기둥들에도! 그리고 와글와글 몰려나오는 밝은색 옷차림의 승객들이며 새하얀 바지 차림의 남자들…….

그들은 챙 달린 제모를 쓰고 팔에는 각종 금관악기를 들고서 미슐린[5]마다 여남은 명씩 내리고 있었다. 역에서 나오자마자 또 다른 브라스 밴드와 마주쳤는데, 이들은 낭랑한 가락으로 공기를 울리고 있었다.

그야말로 빛과 음향과 색채의 질펀한 축제였다. 사방에 갖가지 형태와 색깔의 깃발들이 펄럭였고, 특히나 황금빛 미모사 꽃들이 뿜어 대는 들척지근한 향기는 도시 전체에 가득했다.

「실례하겠소, 순경 양반.」 매그레는 역시 축제 분위기

5 *micheline.* 고무 타이어가 달린 열차.

로 들떠 있는 한 순경에게 물었다. 「지금 무슨 일이 있는 건지 설명 좀 해주겠소?」

순경은 마치 달에서 떨어져 내린 사람을 보듯 매그레를 돌아봤다.

「꽃수레 퍼레이드가 뭔지 모르시오?」

다른 브라스 밴드들이 줄지어 거리를 따라 걸으며, 거리 끝부분에 언뜻언뜻 보이는, 파스텔로 칠한 듯 새파란 바다 쪽으로 향하고 있었다.

나중에 매그레는 엄마 손에 이끌려 급히 걸어가는 어릿광대 차림의 여자아이를 기억하게 될 것이다. 아마도 꽃수레 퍼레이드 구경에서 좋은 자리를 차지하기 위함인 듯했다. 만일 그 여자아이가 기다란 코, 빨간 광대뼈, 그리고 축 늘어진 중국식 콧수염이 달린 괴상망측한 가면을 쓰고 있지 않았더라면 별로 특별할 것도 없는 모습이었다. 아이의 포동포동한 두 다리는 종종걸음을 치고 있었다…….

특별히 길을 물어볼 필요도 없었다. 크루아제트 거리 근처에서, 한 조용한 길을 통해 〈브라스리 데자르티스트〉라는 맥줏집 간판이 절로 눈에 들어왔다. 그리고 좀 더 떨어진 곳에는 〈호텔〉 간판이 붙은 문이 하나 보였다. 이게 어떤 종류의 호텔인지는 금방 이해가 되었다.

매그레는 맥줏집으로 들어갔다. 검은 정장, 하얀 가슴

장식, 그리고 뻣뻣한 넥타이 차림의 손님 네 명이 카지노 딜러 일을 하러 가야 할 시간을 기다리며 블로트 카드 게임을 하고 있었다. 아가씨 하나가 창가에서 슈크루트[6]를 먹고 있었고, 웨이터는 테이블을 훔치는 중이었다. 주인으로 보이는 젊은 남자가 카운터 뒤에서 신문을 읽고 있었다. 또 바깥에선 멀리서, 가까이서, 그리고 사방에서 울리는 팡파르의 메아리들을 비롯하여, 미모사의 강렬한 냄새, 군중의 발걸음이 일으키는 먼지, 외침, 클랙슨 소리 등이 흘러들어 오고 있었고…….

「맥주 한 잔!」 매그레는 마침내 그 무거운 외투를 벗어 버리면서 푸념하듯 내뱉었다.

그는 카지노 딜러들만큼이나 우중충한 자신의 옷차림이 자못 거북하게 느껴졌던 것이다. 사실 그가 이 가게에 들어섰을 때부터 그와 주인 사이에는 이미 한 차례의 시선 교환이 이루어진 터였다.

「여보시오, 미스터 장…….」

〈미스터 장〉은 이렇게 확신했다.

〈저거 보나 마나 짭새로군…….〉

「이 맥줏집을 운영한 지 오래되셨소?」

---

6 *choucroute*. 소금이나 식초에 절여 발효시킨 양배추 요리. 독일의 자우어크라우트와 거의 비슷하며 프랑스에서는 독일과 가까운 알자스 지역에서 즐겨 먹는다.

「제가 인수한 지 곧 3년이 되는데요…… 왜 그러시죠?」

「그전에는 무얼 하셨소?」

「관심이 있으시다면 말씀드리겠는데, 전에는 몬테카를로에 있는 〈카페 드 라 페〉에서 바텐더였어요.」

여기서 백 미터도 떨어지지 않은 곳에, 크루아제트 거리를 따라 커다란 호텔들이 줄지어 서 있었다. 칼턴, 미라마르, 마르티네스, 그리고 또 다른 호텔들……

브라스리 데자르티스트가 이 우아한 삶의 일종의 무대 뒤라는 것은 분명했다. 사실은 이 거리 전체가 그랬다. 세탁소, 이발소, 그리고 운전기사들이며 특급 호텔들의 그늘에서 일하는 사람들을 위한 선술집……

「이 맥줏집은 밤새도록 영업할 것 같은데, 안 그렇소?」

「네, 밤새도록 엽니다.」

그것은 추위를 피해 내려온 외지인들을 위해서가 아니었다. 카지노나 호텔의 직원, 댄서, 업소 아가씨, 호객꾼, 온갖 종류의 브로커, 기둥서방, 경마 정보를 파는 사람, 야간 업소에 손님을 대는 사람들을 위해서였다.

「아직도 제가 필요하십니까?」 미스터 장이 사뭇 딱딱하게 물었다.

「어딜 가야 지지라는 아가씨를 찾을 수 있는지 좀 알려 준다면 고맙겠소만……」

「지지? 전 몰라요……」

슈크루트의 아가씨는 피곤에 전 눈으로 그들을 관찰하고 있었다. 카지노 딜러들은 조금 있으면 3시였으므로 자리에서 일어섰다.

「이것 봐요, 미스터 장…… 당신 혹시 슬롯머신이나 기타 비슷한 기계 같은 걸로 문제 일으킨 적은 없소?」

「그게 댁하고 무슨 상관이죠?」

「내가 이걸 묻는 이유는, 만일 당신이 벌써 어떤 처벌을 받은 적이 있다면, 이 건은 당신에게 훨씬 심각한 사안이 될 수 있기 때문이야…… 샤를로트는 참 착하기도 하지…… 자기 친구들에게 전화를 걸어 뭘 부탁하면서, 그게 정확히 무슨 일인지 알려 주는 걸 깜빡했단 말씀이야…… 그런데 말이야, 보통 당신 가게 같은 사업을 하는 사람들은, 이미 어떤 문제를 겪은 경우, 골치 아픈 일에 얽히는 걸 별로 안 좋아하지…… 뭐, 어쨌든! 난 지금 풍기 단속국에 전화할 건데, 그 사람들은 어딜 가야 지지를 찾아낼 수 있는지 어렴풋이 알려 줄 수 있을 것 같아…… 혹시 동전 하나 있소……?」

그는 일어서서 전화 부스 쪽으로 향했다.

「죄송한데요! 지금 〈엮인다〉라고 말씀하셨는데…… 그거 심각한 일인가요?」

「물론 그렇소! 살인 사건이오…… 기동 수사대 소속 반장이 파리에서 특별히 내려왔다면 그건 당연히……」

「잠깐만요, 반장님…… 정말 꼭 지지를 보고 싶으신가요……?」

「그것 때문에 천 킬로미터가 넘는 길을 달려왔잖소.」

「알겠습니다! 다만 미리 말씀드리는데, 그녀가 반장님에게 많은 걸 알려 주지는 못할 겁니다. 혹시 그녀에 대해 아세요……? 사흘 중의 이틀은 완전히 식물이 되어 버리는 여자예요. 다시 말해서 마약을 좀 얻게 되면 말입니다. 무슨 말인지 아시겠죠……? 그런데 어제…….」

「어제, 샤를로트가 전화를 걸고 나서, 마치 우연인 것처럼 지지는 마약을 좀 얻게 됐겠지…… 안 그렇소? 지금 어디 있소?」

「이쪽으로 오세요……. 시내 모처에 자기 거처가 있습니다만, 간밤에는 도저히 걸을 수 없는 상태가 되어 버려서…….」

문 하나가 호텔의 층계 쪽으로 나 있었다. 사장은 중이층에 있는 방 하나를 가리켰다.

「지지, 널 찾아온 사람이 있어!」 그가 소리쳤다.

그리고 매그레가 문을 닫을 때까지 층계참에서 기다렸다. 그런 후에는 어깨를 으쓱하고는 카운터로 돌아가, 그래도 약간 불안한 빛을 보이며 다시 신문을 집어 들었다.

닫힌 커튼을 통해 흐릿한 빛만이 새어 들어오는 방이

79

었다. 방 안은 어지럽기 그지없었다. 철제 침대 위에 여자 하나가 널브러져 있었는데, 옷을 입은 채로 머리를 온통 헝클어뜨리고 얼굴은 베개에 처박은 상태였다. 그녀는 텁텁한 목소리로 먼저 이렇게 물었다.

「……누구야?」

그러고 나서 베개 아래서 눈 하나가 삐죽 나타났다. 아주 어두컴컴한 눈이었다.

「……벌써 왔어?」

좁다랗게 오그라든 콧구멍. 밀랍 같은 안색. 지지는 뼈가 보일 정도로 바짝 마른 여자였다. 모발은 말린 자두처럼 짙은 갈색이었고.

「……몇 시야? ……당신은 옷 안 벗어?」

그녀는 한쪽 팔꿈치를 짚고 몸을 일으켜 물을 한 모금 마시고는, 정신을 차리려고 애를 써보면서 매그레를 쳐다 봤다. 그리고 그가 자기 머리맡 쪽 의자에 엄숙하게 앉아 있는 걸 보고는 다시 물었다.

「……당신, 의사야?」

「간밤에 미스터 장이 당신에게 무슨 말을 했소?」

「장……? 쿨한 친구지, 장은……. 그 친구가 내게 뭘 줬냐면…… 근데 그게 당신하고 무슨 상관이지?」

「그래, 그가 당신에게 약을 준 걸 나도 알고 있소……. 자, 그대로 누워 있어요……. 그리고 당신에게 미미와 프로스페르에 대해 얘기했겠지…….」

여전히 바깥에선 가까워졌다가 멀어져 가기를 반복하는 팡파르 소리…… 그리고 이곳만의 특별한 냄새인 양 여전히 떠도는 미모사의 이 독특한 향기…….

「그 착한 프로스페르……!」

그녀는 마치 꿈결에서처럼 중얼거렸다. 그녀의 음성은 이따금 어린아이 같은 어조를 띠었다. 그러더니 갑자기 어떤 격심한 통증이 지나가는 것처럼 찡그리듯 눈이 감기고, 이마에는 온통 주름이 잡혔다. 그녀의 입속은 모래처럼 껄끄러웠다.

「이봐, 당신 그것 좀 있어?」

다시금 마약이 필요했던 모양이다. 매그레는 자신이 헛소리를 하고 있는 환자에게서 비밀을 빼내고 있는 것 같은, 썩 유쾌하지 못한 기분이 들었다.

「자넨 프로스페르를 좋아했었군. 그렇지?」

「그 사람은 다른 남자들 같지 않아…… 너무 착해……. 미미 같은 년한테 걸리지 말았어야 했는데……. 하지만 세상은 항상 그렇더라고……. 당신, 그 사람 알아……?」

자! 조금만 더 해보자고! 어차피 이런 게 매그레의 역할 아니겠나?

「그가 미라마르에 있을 때 얘기지……? 그때 당신들 셋은 라 벨 에투알에서 춤을 췄고……. 미미, 샤를로트, 그리고 당신······」

그녀는 심각한 얼굴로 더듬더듬 말했다.

「샤를로트를 욕하면 안 돼······ 착한 애라고······. 그리고 걘 프로스페르를 사랑했단 말이야······. 그 인간이 내 말만 들었어도······.」

「아마도 당신들은 일하다 시간이 비면 그 맥줏집에 모였을 것 같군······. 프로스페르는 미미의 애인이었고······.」

「사랑에 빠져서 바보가 돼버린 거지 뭐······. 불쌍한 프로스페르······! 그러다가 나중에 걔가······.」

그녀는 별안간 몸을 벌떡 일으키더니 의심에 찬 눈을 하고는, 이렇게 물었다.

「당신, 정말로 프로스페르의 친구야?」

「그러다가 그녀가 아기를 갖게 되었다고?」

「그걸 누구한테 들었어? 걔가 편지로 그걸 알려 준 사람은 나밖에 없는데······. 하지만 이야기는 그렇게 시작된 게 아니야······.」

그녀는 또다시 다가오는 음악 소리에 귀를 쫑긋 세웠다.

「이게 뭐야?」

「아무것도 아니오······.」

출발을 알리는 대포 소리가 계속 터지는 가운데 크루아제트 거리를 행진하는 꽃수레들이었다. 눈부신 태양, 잔잔한 바다, 수면에 동그라미들을 그리며 도는 모터보

트들, 그리고 맵시 있게 살짝 기운 채로 떠가는 조그만 돛
배들…….

「정말로 가진 것 좀 없어……? 가서 장한테 좀 얻어다
줄 수 없겠어?」

「그래서 그녀가 먼저 미국 사내와 함께 떠났나?」

「프로스페르가 그렇게 말했어……? 당신이 쿨한 남자
라면 말이야, 나한테 물 한 잔만 더 줘……. 라 벨 에투
알에서 만난 양키 하나가 미미 그년한테 홀딱 빠진 거
지……. 그는 걔를 도빌로, 또 비아리츠로 데리고 다녔
어……. 미미가 수단이 좋았다는 건 인정해야 해……. 걔
는 우리 같지는 않았거든……. 샤를로트는 아직도 펠리
캉에서 일해……? 그리고 난 말이야, 하하!」

그녀는 웃음을 터뜨렸다. 볼썽사나운 이빨을 온통 드
러내는 끔찍한 웃음이었다.

「어느 날 갑자기 그년한테서 편지가 왔어. 자기는 아이
를 낳게 될 건데, 그 미국 남자가 자기 자식이라고 믿게끔
일을 꾸몄다고……. 가만, 그 남자 이름이 뭐였더라……?
그래, 오즈월드……. 그리고 나서 또 한 번 편지가 왔는
데, 아기 머리카락이 당근처럼 새빨개서 하마터면 다 망
칠 뻔했다고 썼더군……. 무슨 말인지 알겠지……? 난
이 사실을 프로스페르의 귀에 들어가게 하고 싶지 않았
어…….」

그녀가 마신 물 두 잔의 효과가 나타난 것일까? 그녀
는 두 다리를 침대에서 차례로 빼냈다. 남자들의 눈길을
끌 일은 전혀 없을 것 같은, 비쩍 마른 긴 다리였다. 그렇
게 몸을 일으켜 서니, 해골처럼 뼈만 남은 그녀의 키가 상
당히 크다는 걸 알 수 있었다. 몰골이 저러하니, 남자 하
나라도 낚기 위해서는 어두운 보도를 성큼성큼 걸으며,
혹은 어느 외다리 원탁 앞에 우두커니 서서 얼마나 많은
시간을 보내야만 하겠는가!

이제 그녀의 시선은 한결 또렷해졌다. 그녀는 매그레
를 머리끝에서 발끝까지 훑어보았다.

「당신, 경찰에서 나왔지, 응?」

그녀 안에서 분노가 치밀어 오르고 있었다. 하지만 아
직 기억에 흐릿한 부분이 있는지, 그녀는 그걸 흩어 버리
려 애썼다.

「장이 나한테 뭐라고 했더라……? 잠깐……! 우선 누가
당신을 여기로 데려왔지……? 장은 나한테 아무에게도
말하지 말라고 했었는데……. 당신, 솔직히 말해! 당신,
경찰에서 나왔지……? 그런데 난 말해 버렸어……. 가만,
프로스페르와 미미의 일에 경찰이 왜 관심이 있지……?」

여기서 그녀는 발작을 일으켰다. 갑작스럽고 격렬한,
눈살 찌푸려지는 발작이었다.

「더러운 자식……! 개새끼……! 너, 내가 이런 상태인

걸 이용해서……」

그녀는 방문을 열어젖혔고, 그에 따라 바깥의 떠들썩한 소리들이 더욱 선명하게 흘러들어 왔다.

「당장 꺼지지 않으면, 난…… 난……」

가소롭고도 불쌍한 모습이었다. 손잡이 달린 물병 하나를 다리에 맞을 뻔한 위기를 넘기고 계단을 내려가는 매그레 뒤로 그녀는 악을 쓰며 욕설을 퍼부어 댔다.

맥줏집은 텅 비어 있었다. 아직 단골들이 몰려들 시간이 아니었다.

「그래, 어떠셨어요?」 미스터 장이 카운터에서 물었다.

매그레는 다시 외투를 걸치고 모자를 쓴 다음, 웨이터 팁으로 동전을 몇 개 내려놓았다.

「반장님이 원하는 것을 알려 주던가요?」

호텔 층계 쪽에서 누군가의 목소리가 들렸다.

「장……! 장……! 이리 좀 와봐! 얘기 좀 하게!」

스타킹 바람으로 계단을 내려와 온통 엉클어진 머리를 하고서 맥줏집의 문을 빼꼼 여는 지지의 모습은 진정 목불인견이었다.

매그레는 그냥 나와 버리는 편을 택했다.

그렇게 시커먼 외투와 중산모 차림으로 크루아제트 거리를 걷는 그를 사람들은 코트다쥐르의 카니발을 처음으로 구경 온 시골 사람이라고 생각했으리라. 가면을 쓴 사람들이 그에게 부딪혀 왔다. 파랑돌[7] 춤을 추는 행렬들에 휩쓸렸다가는 간신히 벗어나곤 했다. 해변 모래사장에서는 축제에 관심이 없는 몇몇 피한객들이 일광욕 중이었다. 반쯤 벌거벗은 몸뚱이들은 벌써 가뭇하게 그을었고, 오일로 번들거렸다.

미라마르 호텔이, 창이 2백~3백여 개나 달린 그 거대한 노란색 덩어리가 그 수위와 주차 담당 직원들과 호객꾼들과 함께 거기 서 있었다. 그는 하마터면 그 안에 들어갈 뻔했다……. 하지만 그게 무슨 소용이 있는가?

이제 원하는 것을 모두 알아내지 않았는가? 그는 지금 자신이 목이 마른 건지, 아니면 너무 마셨는지조차 판단할 수 없었다. 그는 어떤 바에 들어갔다.

「혹시 여기에 열차 시간표 있소?」

「파리 가시려고요? 저녁 8시 40분에 급행이 있어요. 일등칸에서 삼등칸까지 다 있는 거요.」

그는 다시 맥주 한 잔을 마셨다. 이런 식으로 보내야 할 시간이 아직 몇 시간이나 남아 있었다. 무엇을 해야 할지 알 수 없었다. 그리고 나중에, 축제 분위기의 칸에서 보낸 이 몇 시간은 그에겐 악몽 같은 기억으로 남게 될 것이다.

이따금 과거가 너무도 생생하게 되살아나, 미라마르

7 *farandole*. 프랑스의 프로방스 지역의 민속춤.

호텔의 조그만 뒷문으로 나와서 한걸음에 브라스리 데자르티스트로 달려가는 프로스페르의 모습이, 그 빨간 머리와 그 선량하고 커다란 눈과 그 얽은 얼굴이 눈앞에 생생하게 보이는 듯했다.

당시에는 지금보다 여섯 살이 젊었던 세 여자는 거기 앉아서 점심이나 저녁을 먹고 있었다. 프로스페르는 추했다. 그 자신도 그걸 알고 있었다. 그리고 그는 셋 중 가장 어리고, 가장 예쁜 미미를 열렬히 사랑했다.

그의 불타는 시선 앞에서, 여자들은 처음에는 푸훗 하는 웃음을 터뜨리지 않았겠는가?

「그러면 안 돼, 미미!」 샤를로트는 이렇게 말하며 끼어들었으리라. 「착한 사람이야. 사람 일이 어떻게 될지 아무도 모른다고⋯⋯.」

그러고 나서 밤 근무를 위해 라 벨 에투알로 향한다. 프로스페르는 거기에는 발을 들여놓지 않았다. 거긴 그가 낄 자리가 아니니까. 하지만 새벽녘에 양파 수프를 먹으러 맥줏집으로 오는 그들과 다시 만나곤 했다.

「저런 남자가 날 사랑한다면, 난⋯⋯.」

왜냐하면 샤를로트는 그렇게나 겸허한 사내의 열정에 애틋함을 느꼈을 테니까. 지지는 아직 코카인을 하지 않았을 때였다.

「프로스페르 씨, 걱정하지 마요! 쟤는 당신을 비웃는

척하지만, 속으로는⋯⋯.」

그리고 그들은 연인이 되었다! 어쩌면 이미 동거를 시작하고 있었을지도! 프로스페르는 선물을 사대느라 저축한 돈을 까먹어 갔다. 그러던 어느 날, 그곳을 들른 어느 미국인이⋯⋯.

나중에 샤를로트는 그에게 말해 줬을까? 아이는 그의 피를 받은 게 분명하다고?

선량한 샤를로트! 그녀는 알고 있었다. 그가 자신을 사랑하지 않는다는 걸. 그는 여전히 미미를 사랑한다는 걸. 하지만 그녀는 착하게도 생클루의 그 남루한 집에서 그와 함께 살고 있는 것이다!

한편 지지는 전략에 전략을 거듭하여⋯⋯.

「선생님, 꽃 배달해 드려요⋯⋯. 선생님 애인께 보내세요⋯⋯.」

꽃 장수의 말에는 장난기가 섞여 있었다. 매그레가 애인이 있을 사람으로 보일 리는 없지 않은가⋯⋯? 하지만 그는 미모사 한 바구니를 사서 매그레 부인에게 보냈다.

열차 출발이 아직 30분 남았을 때, 그는 일종의 직감에 사로잡혀 파리에 통화 신청을 했다. 역 근처 조그만 바에서의 일이었다. 브라스 밴드 악사들의 바지는 이제 먼지로 뿌얬다. 그들을 가득 실은 열차들이 다시 인근의 마을들로 떠나가는 가운데, 어느 멋진 일요일의 끝자락에 찾아오는 나른한 피로감이 공기 중에 떠돌았다.

「여보세요? 아, 반장님이세요? 아직도 칸에 계세요?」
뤼카가 잔뜩 흥분해 있는 게 목소리에서 느껴졌다.

「이곳에 새로운 게 좀 있습니다. 지금 수사 판사님이
펄펄 뛰고 난리예요. 방금 전에 전화하셔서 반장님은 지
금 대체 뭐 하고 있느냐고 묻더라고요……. 여보세요? 발
견하게 된 지 아직 45분도 안 됐는데요, 마제스틱 호텔을
지키고 있던 토랑스가 전화로 알리기를…….」

매그레는 비좁은 전화 부스 속에서 가끔 나직이 으르
렁대기만 할 뿐, 꼼짝도 안 하고서 상대의 말을 듣고 있었
다. 둥근 창을 통해 쏟아지는 석양빛이 바를 가득 채웠고
흰 바지에 은빛 장식 줄이 둘린 챙 모자 차림의 악사들이
보였다. 잔들에 담긴 어떤 유백색 술이 반짝이는 가운데,
그들 중 하나는 이따금 헬리콘이나 트롬본의 음 하나를
장난삼아 길게 늘여 불곤 했다.

「알았어! 난 내일 아침에 도착할 거야……. 뭐라고……?
그건 그렇지만…… 뭐, 판사가 원한다면 체포해야겠
지…….」

이건 그야말로 방금 전에 일어난 일이라고 할 수 있었
다. 마제스틱 호텔의 지하실에서…… 벽마다 음악이 새어
들어오고 있는 티 댄스[8] 시간이었고…… 어항에 갇힌 커

8 오후에 사람들이 모여 차와 간식을 나누고 춤을 추는 것.

다란 금붕어 같은 프로스페르 동주가 있었고…… 또 모과처럼 샛노란 얼굴로 자기 자리를 지키고 있는 장 라뮈엘도…….

뤼카의 말에 따르면 — 아직 정식 수사는 시작되지 않았지만 — 사복 차림을 한 야간 담당 수위가 지하실 복도를 지나가는 모습이 목격되었다고 한다. 무얼 하러 내려왔는지는 알 수 없었다. 사람들은 저마다의 일에 너무 바빠서 코앞에서 벌어지고 있는 일에 신경 쓰지 못하고 있었다.

야간 담당 수위의 이름은 쥐스탱 콜뵈프였다. 작달막한 체구에 별다른 특색이 없는 이 사내는 밤마다 로비 홀에서 혼자 시간을 보냈다. 무엇을 읽는 일도 없었다. 말벗이 될 만한 사람도 없었다. 잠도 자지 않았다. 몇 시간이고 의자에 앉아 앞만 똑바로 쳐다보면서 다만 기다릴 뿐이었다.

그의 아내는 뇌이의 한 신축 아파트의 관리인이었다.

이 콜뵈프가 오후 4시 반에 대체 무얼 하러 지하실에 내려왔을까?

댄서 세비오는 턱시도로 갈아입으러 탈의실에 갔다고 한다. 사실은 모두가 돌아다니고 있었다. 라뮈엘도 수차례 그의 유리방에서 나왔다고 했다.

오후 5시, 프로스페르 동주도 탈의실로 갔다. 그는 하얀 업무용 재킷을 사복 윗도리로 갈아입고 그 위에 외투를 걸친 다음, 자전거를 끌고 밖으로 나갔다.

몇 분 후, 벨보이 하나가 탈의실에 들어갔다. 그는 89번 로커 문이 조금 열려 있는 것을 보았다. 그리고 잠시 후, 그가 깩깩거리며 질러 대는 소리에 모든 사람이 몰려들었다.

로커 안에 시체가 또 하나 있었다. 회색 외투 차림에 웅크린 듯한 자세로 처박힌 수위의 시체였다. 그의 펠트 모자는 로커 바닥에 깔려 있었다.

미시즈 클라크와 마찬가지로 쥐스탱 콜뵈프는 목이 졸려 살해되었다. 시체는 아직 미지근했다.

그즈음, 프로스페르 동주는 느긋하게 페달을 밟아 불로뉴 숲을 지나 생클루 다리를 건넜고, 자전거에서 내려서는 그의 집에 이르는 비탈길을 걸어 올라가고 있었다.

「파스티스 한 잔!」 매그레가 소리쳤다. 카운터에 진열된 술들 중 눈에 들어오는 것은 오직 이 독주뿐이었던 것이다.

그러고 나서 기차에 오른 그의 머리는, 어린 시절, 따가운 뙤약볕 아래서 온종일 들판을 싸돌아다녔던 날만큼이나 무지근했다.

5
유리창에 침을 뱉다

기차가 달리기 시작하고 시간이 꽤 지났다. 매그레는 벌써 재킷과 넥타이, 부착식 칼라를 벗어 놓고 있었다. 이번에도 칸막이 객실이 너무 후덥지근했던 것이다. 아니, 기차 냄새가 밴 어떤 특별한 열기가 벽, 바닥, 좌석 등 사방에서 삐질삐질 흘러나오는 듯한 느낌이었다.

그는 구두끈을 풀어 버리려고 몸을 굽혔다. 철도청에서 뭐라 한다 해도 할 수 없었다. 그는 공무 수행 중인 자신의 권리에 따라 일등칸에 무임승차한 것에 만족하지 않고, 접이식 침대까지 얻어 낸 터였다. 더욱이 검표원은 이 칸막이 객실에 그 혼자만 있게 될 거라고 약속하지 않았던가.

구두 위로 몸을 굽히고 있던 그는 문득, 누군가가 아주 가까이서 자신을 관찰하고 있다는 불쾌한 느낌에 사로잡혔다. 그는 고개를 들었다. 유리창 뒤, 복도에 어떤 창백한 얼굴이 어른거렸다. 어두컴컴한 두 눈. 그리고 형편없이 화장한, 아니 화장했다기보다는 대충 그어 놓았고 지금은 탈색되고 있는 듯한 두 개의 루주 선으로 확대된 커다란 입.

하지만 가장 인상적인 것은 경멸과 증오에 찬 표정이었다. 지지가 어떻게 여기까지 왔을까? 매그레가 미처 구두를 다시 신을 새도 없이 여자는 역겨운 듯 입을 삐쭉한 다음 유리창에 침을 탁 뱉더니 복도를 따라 멀어져 갔다.

매그레는 침착하게 다시 옷을 입었다. 칸막이 객실을 떠나기 전에 마음을 확실하게 가라앉히려는 듯 파이프에 불을 붙였다. 그런 다음, 복도를 따라 객차마다 다니며 칸막이 객실들을 하나하나 빠짐없이 들여다보았다. 기차는 길었다. 매그레는 열차 사이의 주름진 연결 통로를 최소한 열 개는 건넜고, 벽에 쿵쿵 부딪혔으며, 50여 명의 승객에게 폐를 끼쳤다.

「실례합니다…… 죄송합니다…….」

카펫 깔린 바닥이 끝났다. 이제부터는 삼등칸이었다. 승객들은 긴 좌석 하나에 여섯 명씩 끼어 앉아 선잠이 들어 있었다. 다른 이들은 뭔가를 먹고 있었다. 아이들은 똑바로 앞만 쳐다보고 있었고.

한 칸막이 객실 안에는 파리로 〈올라가는〉 툴롱의 두 수병(水兵), 입을 헤벌리고 꾸벅꾸벅 졸고 있는 노부부,

무릎 위의 바구니를 꼭 붙잡고 있는 여자 하나가 있었고, 매그레는 그 한쪽 구석에 끼어 있는 지지를 발견했다.

조금 아까 복도에선 그녀가 어떻게 옷을 입었는지 미처 주의하여 보지 못했다. 너무도 깜짝 놀란 탓에, 그녀가 브라스리 데자르티스트에서 본 그 흐릿한 눈에 축 늘어진 입술의 지지와는 딴판으로 변해 있다는 사실도 미처 깨닫지 못했었다.

2천 프랑짜리 모피 외투로 몸을 휘감고 다리를 꼬고 앉은 그녀는 뒤축이 닳아빠진 구두와 길게 올이 나간 스타킹을 드러낸 채로 똑바로 앞만 쳐다보고 있었다. 그녀는 아까 오후의 그 혼수상태에서 혼자 힘으로 빠져나온 것일까? 아니면 누군가가 그녀에게 어떤 약을 복용시킨 것일까? 그것도 아니면 혹시 코카인 한 방을 더 맞아 힘이 뻗친 것일까?

그녀는 복도에 서 있는 매그레의 존재를 의식하고 있었지만, 꼼짝도 하지 않았다. 그는 한동안 그녀를 관찰하다가 손짓을 해보았다. 그녀는 여전히 신경 쓰지 않았다. 결국 그는 문을 열었다.

「잠깐 이리 좀 오시겠소?」

그녀는 망설였다. 두 수병은 그런 그녀를 지켜봤다. 한바탕 난리를 치려는 건가? 그녀는 어깨를 으쓱하고는 자리에서 일어나 그에게로 왔고, 그는 다시 문을 닫았다.

「아직도 충분치 않나요?」 그녀는 입 끝만 달싹이듯 조그맣게 내뱉었다. 「이제 만족하실 것 아녜요? 자신이 자랑스럽지 않냐고요? 당신은 한 불쌍한 여자가 형편없는 상태에 빠진 걸 이용해서……」

그는 그녀가 울음을 터뜨리기 직전이라는 것을, 제대로 칠해지지 않은 그녀의 입술이 부풀어 오르는 것을 느끼고는 슬그머니 고개를 돌려 버렸다.

「그렇게 하고 나서 총알같이 그를 잡아 버렸더군요. 그야말로 총알같이!」

「여보시오, 지지! 프로스페르가 체포되었다는 건 어떻게 알았소?」

지친 듯한 몸짓.

「아직 모르고 있었어요? 당신네 도청 장치는 그보단 훨씬 잘 작동하리라 생각했는데…… 뭐, 당신도 곧 알게 될 테니까 말해 줘도 상관없겠죠. 샤를로트가 장에게 전화를 했어요. 프로스페르가 퇴근하여 집에 들어오자마자 짭새들을 가득 실은 택시 한 대가 들이닥쳤대요. 샤를로트는 흥분해서 난리가 났고…… 내가 불었냐고 물었대요. 사실 내가 분 거죠, 안 그래요……? 내가 충분히 지껄여 줬기 때문에 당신은……」

기차가 심하게 한 번 덜컹거리는 바람에 둘의 몸이 맞닿자 그녀는 기겁하며 몸을 뺐다.

「분명히 말하는데, 당신, 이 일의 대가는 꼭 치르게 될 거예요! 설사 프로스페르가 정말로 미미, 그 더러운 년을 죽였다 해도……. 더 이상 잃을 것 하나도 없는 똥갈보 년이요 인간쓰레기인 이 지지의 이름을 걸고 맹세하는데, 만일 그가 유죄 판결을 받게 되면 난 당신을 찾아가서 몸에다 총알을 박아 주겠다고요!」

그녀는 얼굴에 경멸의 빛을 가득 담고 잠시 기다렸다. 그는 아무 대꾸도 하지 않았다. 그는 이것이 헛된 위협만은 아니라는 걸, 이 여자는 정말로 어느 길모퉁이에서 기다리고 있다가, 자동 권총의 내용물을 자기에게 쏟아부을 수 있는 위인이라는 걸 느끼고 있었다.

칸막이 객실 안의 두 수병은 여전히 그들을 지켜보고 있었다.

「그럼 잘 있으시오.」 그가 한숨을 쉬며 말했다.

그는 자신의 칸막이 객실로 돌아와, 마침내 다시 옷을 벗고 자리에 누웠다.

천장에 붙은 야등 하나가 푸르스름한 미광을 흘렸다. 매그레는 눈을 감고 눈썹을 찌푸렸다.

하나의 의문이 뇌리를 떠나지 않았다. 왜 수사 판사는 프로스페르 동주의 체포를 지시했을까? 파리를 떠나지도 않았고, 지지나 브라스리 데자르티스트에 대해서도 모르는 이 판사가 대체 무엇을 알게 되었단 말인가? 왜

장 라뮈엘이나 세비오 말고 동주를 체포할 생각을 하게 되었을까?

막연한 불안감이 느껴졌다. 매그레는 이 판사를 잘 알고 있었다.

그가 검사를 대동하고 마제스틱 호텔에 도착하는 것을 보고 매그레는 아무 말도 하지 않았지만, 설핏 얼굴을 찡그렸다. 왜냐면 이전에 그와 함께 일한 적이 있었기 때문이었다.

그가 정직한 사람인 것은 분명했다. 선량한 사람이라고까지 말할 수 있었다. 한 가정의 가장이요, 희귀 장정본의 수집가였다. 갖지게 다듬은, 멋진 회색 턱수염의 소유자였다. 한번은 매그레가 그와 함께 한 불법 도박장을 급습한 적이 있었다. 대낮에 행해진 작전이었는데, 도착해 보니 현장에는 아무도 없었다. 그런데 녹색 덮개로 덮인 커다란 바카라 테이블들을 가리키면서 판사는 순진하게도 이렇게 묻는 거였다.

「이거, 당구대들이오?」

그러고 나서는, 이런 불량한 장소에 한 번도 발을 디뎌 보지 않은 순진한 사람답게, 이 집에 각각 다른 거리로 통하는 출구가 세 개나 있으며, 그중 하나는 지하실을 통해 다른 건물로 연결된다는 사실을 알게 되고는 깜짝 놀라는 거였다. 또 어떤 도박꾼들은 상당한 금액을 대출받기도 한다는 사실을 장부 확인을 통해 알고 나서도 놀라움을 금치 못했다. 왜냐하면 사람들로 하여금 도박을 하게 하려면, 이런 식의 유인책이 필요하다는 사실을 전혀 모르고 있었기 때문이었다.

그런데 보노라는 이름의 이 판사가 왜 갑자기 동주를 체포하기로 결정했단 말인가?

매그레는 잠을 잘 자지 못했다. 기차가 역에 설 때마다 잠에서 깼고, 기차의 운행에 따른 소음과 충격들을 자신의 악몽과 혼동했다.

리옹 역에 도착하여 열차에서 내려 보니, 아직 날이 어두웠고 차디찬 부슬비가 내리고 있었다. 뤼카가 나와서 기다리고 있었다. 외투 깃을 바짝 추켜올린 채로, 발을 동동 굴러 몸을 덥히면서.

「반장님, 피곤하지 않으십니까?」

「자네, 누구랑 같이 왔나?」

「아뇨. 만일 형사가 하나 필요하시다면, 저쪽 특별 파출소에서 우리 수사국 사람을 하나 봤습니다만……」

「가서 데려오게.」

지지도 내렸다. 그녀는 두 수병과 부드럽게 악수한 다음, 어깨를 으쓱하며 반장 옆을 지나갔다. 그렇게 몇 걸음 지나가는가 싶더니 생각을 바꾼 듯 이렇게 말했다.

「원한다면 내게 미행을 붙여도 상관없어요. 하지만 미

리 말해 두는데, 난 지금 샤를로트에게로 갈 거예요.」

뤼카가 돌아왔다.

「그 형사가 안 보이는데요.」

「괜찮아. 자, 가세.」

그들은 택시를 잡아탔다.

「자, 이제 얘기해 봐. 도대체 어떻게 해서 판사가……」

「그렇잖아도 말씀드리려던 참이었어요……. 두 번째 살인 사건이 일어나자 동주를 체포하라고 사람들을 보내고 나서, 그 양반이 저를 불렀어요. 내게 묻더군요. 우리 쪽에 새로운 거라도 있느냐, 반장님에게선 전화가 있었냐……. 그러고 나서는 꾀바른 미소를 지으면서 편지를 한 장 내미는 거예요. 익명 편지였죠. 거기 적힌 표현은 정확히는 기억 못 하지만, 대충 이렇게 주장하고 있었어요. 미시즈 클라크는 과거에 미미라는 이름의 댄서로 동주의 정부였고, 그와의 사이에 아이를 하나 가졌으며, 그는 수차례에 걸쳐 그녀를 협박해 왔다……. 이 이야기가 별로 기분이 안 좋으신 것 같네요, 반장님?」

「계속해 봐.」

「그게 다예요. 판사님은 흐뭇한 표정으로 이렇게 결론을 내리시더군요. 〈자, 봤나? 이 이야기는 아주 간단해! 흔해 빠진 협박극이라고. 아마도 미시즈 클라크는 협박에 넘어가지 않았던 모양이지. 조금 있다가 내가 직접 감방에 가서 동주를 심문하겠어.〉」

「그래서 거기로 갔는가?」

택시가 오르페브르 강변로로 멈춰 섰다. 새벽 5시 반이었다. 센강에서 누릇한 안개가 올라오고 있었다. 차 문이 쾅 닫혔다.

「동주는 지금 구치소에 있나? 나랑 같이 가보세.」

오를로주 강변로에 이르려면 팔레 드 쥐스티스 건물을 에돌아야 했고, 그들은 천천히 걸어 그곳으로 향했다.

「네. 그런데 저녁 9시 반경에 판사님이 또다시 제게 전화를 해서는, 동주가 입을 꽉 다물고 있다는 거예요. 반장님에게만 답변하겠다고 선언한 모양이에요.」

「자넨 간밤에 잠 좀 잤나?」

「디방⁹에 누워 두 시간 잤어요.」

「가서 눈 좀 붙이게. 그리고 정오에 다시 수사국으로 오라고.」

매그레는 구치소로 들어갔다. 호송차 한 대가 거기서 나오고 있었다. 바스티유 쪽에 일제 단속을 벌여 잡아 온 여자 30여 명, 신분증 없는 외국인 몇 명을 부려 놓고 가는 참이었다. 침침하고 거대한 홀의 널판 침대 위에 그들이 앉아 있었다. 이런 장소 특유의 냄새가 코를 찌르는 가운데, 탁한 음성들과 음란한 농담들이 들렸다.

9 *divan.* 등받이나 팔걸이가 없는 긴 의자.

「날 동주에게 데려다주게……. 그는 자고 있나?」

「한숨도 자지 않았습니다. 반장님이 보시면 알 겁니다.」

철창문으로 닫혀 있는 독방들은 마사(馬舍)의 칸들을 연상시켰다. 그중 하나 안에, 한 사내가 두 손으로 머리를 감싸고 앉아 있었다. 어스름 속에 그의 검은 실루엣만이 보였다.

구치소 소장이 열쇠를 돌렸다. 돌쩌귀가 끼익하는 소리를 냈다. 키가 크고 어깨도 널찍하지만, 뭔가 흐물흐물해 보이는 사내가 마치 어떤 꿈에서 빠져나오듯 부스스 일어섰다. 넥타이와 구두끈은 압수된 상태였다. 빨간 머리는 쑥대밭이 되어 있었고.

「아, 반장님이시군요…….」 그가 중얼거리듯 말했다.

그러고는 온 사람이 분명히 매그레라는 것을 확인하려는 듯, 손으로 이마를 문질렀다.

「나하고 얘기하고 싶다는 것 같던데……?」

「그러는 게 나을 것 같아서요…….」

그러고는 어린아이처럼 순진한 어조로 물었다.

「저어, 판사님이 화나셨나요……? 근데 내가 그분에게 무슨 말씀을 드리겠어요……? 그분은 내가 범인이라고 완전히 확신하고 계시던데……. 심지어는 내 손을 당신의 서기에게 보여 주면서, 이게 바로 교살자의 손이라고 단언하시더라고요…….」

「자, 나랑 같이 갑시다.」

매그레는 잠시 망설였다. 이 사람에게 굳이 수갑을 채울 필요가 있을까? 구치소에 끌고 올 때는 채웠던 모양이었다. 손목에 아직 자국이 선명했다.

그들은 한 사람은 앞장서고 한 사람은 뒤따르며, 마제스틱 호텔의 지하와는 별로 닮은 구석이 없는 기이한 복도들을 따라 걸었다. 그렇게 거대한 팔레 드 쥐스티스 아래를 통과하여 수사국 본부에 이른 그들은 갑자기 환한 복도로 빠져나왔다.

「자, 들어오시오. 식사는 하셨소?」

상대는 고개를 저었다. 그 자신이 배가 고팠고, 특히나 목이 말랐던 매그레는 당직 형사를 보내 맥주와 샌드위치를 사 오게 했다.

「앉아요, 동주……. 지지가 파리에 왔다오. 지금쯤은 샤를로트와 같이 있을 거요. 담배 한 대 태우겠소?」

매그레는 궐련 담배는 피우지 않았지만, 항상 서랍 속에 준비해 놓고 있었다. 프로스페르는 지난 몇 시간 동안 완전히 기가 꺾여 버린 사람처럼 어색한 품으로 담배를 피웠다. 그는 헤벌어진 자신의 구두, 넥타이도 매지 않은 옷차림, 그리고 구치소에서 단 하룻밤을 지냈을 뿐인데도 옷에서 풍기는 악취 때문에 거북해했다.

매그레는 난로 안을 쑤석여 불길을 일으켰다. 수사국

의 다른 사무실들은 모두가 중앙난방을 사용했지만, 이를 끔찍이도 싫어하는 그는 20년 전부터 이 자리에 있었던 낡은 주철 난로를 간직해도 좋다는 허가를 얻어 냈던 것이다.

「자, 앉으시오. 먹을 것을 좀 가져올 거요.」

상대는 뭔가를 말할 듯 말 듯 망설이다가, 결국 마음을 먹고는 고뇌에 찬 목소리로 더듬거렸다.

「그 아이를 보셨나요?」

「못 봤소.」

「전 호텔 로비 홀에서 아주 잠깐 보았습니다……. 반장님, 제가 맹세하는데, 그 아이는…….」

「알아, 당신의 아들이지.」

「나중에 보시면 알 거예요! 나만큼이나 머리칼이 새빨개요. 손도 나랑 똑같고. 그 울뚝불뚝한 뼈마디 하며……. 내가 꼬마였을 때, 사람들은 내 굵은 뼈마디를 놀리곤 했었죠.」

맥주와 샌드위치를 가져왔다. 파리의 하늘이 부옇게 밝아 오는 가운데, 매그레는 사무실 안을 왔다 갔다 하며 선 채로 먹었다.

「전 못 먹겠네요…….」 동주는 결국 한숨을 내쉬며 자신의 샌드위치를 머뭇머뭇 쟁반에 내려놓았다. 「별로 배도 안 고프고……. 이제 결과가 어떻게 나오든, 마제스틱은 절 다시 받아들이지 않을 거예요. 다른 호텔들도 마찬가지고요……」

그의 목소리는 떨리고 있었다. 그는 매그레가 도와주길 기다리고 있었으나, 반장은 갈피를 못 잡고 헤매는 그를 그대로 놔두었다.

「반장님도 제가 그녀를 죽였다고 믿으시나요……?」

매그레에게서 대답이 없자, 그는 낙담하여 고개를 저었다. 그는 모든 것을 한꺼번에 설명하고 싶었고, 상대방을 설득하고 싶었지만, 얘기를 어디서부터 시작해야 할지 알 수 없었다.

「내가 여자들에 대해 별로 경험이 없었다는 거, 반장님께서도 잘 아실 겁니다. 우리 같은 직업을 가지고 있으면…… 더구나 거의 항상 지하실에 처박혀 지내니…… 어떤 여자들은 제가 어떤 감정이라도 보일라치면 웃음을 터뜨리기까지 했어요. 하긴, 이런 상판을 가지고 있으니 당연하지 않겠습니까? 그래서, 브라스리 데자르티스트에서 미미를 알게 됐을 때…… 그들은 셋이었어요. 그건 반장님도 잘 아시겠죠. 근데 인생은 참 희한하게 흘러가더라고요. 그때 만일 내가 다른 두 여자 중 하나를 선택했더라면……. 하지만 아니었어요! 당연히 전 그녀에게 사랑에 빠졌죠! 미친 듯한 사랑에 빠졌다고요, 반장님! 사람을 완전히 바보, 멍청이로 만들어 버리는 사랑에……. 그녀는 저를 마음대로 가지고 놀 수 있었을 거예요……! 그리고 전 그녀가 어느 날 저와 결혼해 주리라 상상했죠……. 그런데 반장님, 어제저녁에 판사님이 제게 뭐라고 말했는지 아세요? 정말 미칠 것 같더라고요……. 그분은 단언하시길, 제가 가장 관심 있었던 것은 그녀가 내게 주는 돈이었다는 거예요. 도대체 절 어떤 놈으로 생각하시는 건지…….」

매그레는 그를 거북하게 하지 않으려고, 창백한 은빛으로 변해 가고 있는 센강을 창 너머로 바라보았다.

「그녀는 그 미국 사람하고 함께 떠나 버렸어요……. 그래도 전 기대했죠. 미국에 돌아가면 그는 그녀를 버릴 것이고, 그럼 그녀는 다시 내게로 돌아오리라……. 그런데 어느 날, 우린 그녀가 그와 결혼했다는 소식을 듣게 됐어요. 전 그대로 몸져누워 버렸죠……. 샤를로트가 좋은 친구로서 절 다시 일으켜 줬어요……. 전 그녀에게, 난 이젠 더 이상 칸에서 살 수 없을 것 같다고 선언했죠. 거리마다 미미와의 추억이 배지 않은 곳이 없었으니까요. 전 파리에다 일자리를 알아봤어요. 샤를로트는 자기도 같이 가면 어떻겠냐고 하더군요. 그리고 한동안은, 반장님이 믿으실지 모르겠지만, 우린 그저 오누이처럼 살았답니다.」

「미미에게 아이가 있다는 사실은 아셨소?」 매그레가 파이프의 재를 석탄 양동이에 털면서 물었다.

「그녀가 미국 어딘가에 산다는 사실 외에는 아무것도 몰랐어요. 내 마음 병이 완전히 나았다고 샤를로트가 믿게 되고 나서야…… 뭐, 이해하시겠지만, 시간이 지나면서 우린 결국 진짜 살림을 차리게 되었거든요……. 어느 날, 한 이웃 남자가 제정신이 아닌 상태로 우리 집에 뛰어 들어왔어요. 자기 아내가 예상보다 훨씬 일찍 해산을 시작했다는 거예요. 그는 어쩔 줄 몰라 했고…… 우리에게 도움을 청했어요. 샤를로트가 달려갔죠. 그리고 다음 날, 제게 말하더군요.

〈우리 불쌍한 프로스페르…… 만약 이런 일이 자기에게 일어났다면…….〉

그러고 나서, 어떻게 일이 그렇게 된 건지 잘 모르겠는데…… 어쨌든 이야기가 이어지다가 그녀가 고백하게 된 거예요. 미미에게 아이가 하나 있다고…… 미미가 편지로 지지에게 그렇게 밝혔다고……. 그녀는 설명하기를, 그 애는 분명히 제 아이이지만, 미미가 결혼하기 위해 그 애를 이용했다고 했다더군요.

전 칸으로 달려갔어요. 지지는 간직하고 있던 편지를 제게 보여 줬어요. 하지만 주는 것은 거부하더군요. 아마 나중에 태워 버렸을 거예요.

난 미국으로 편지를 썼습니다. 미미에게 애원했어요. 내 아들을 돌려 달라고요. 최소한 그 애 사진이라도 보내

달라고요……. 그녀에게선 답장이 없었습니다……. 그 주
소가 맞는 것이었는지조차 모르겠어요.

난 자나 깨나 그 애만 생각했죠.

〈지금 내 아들은 이걸 하고 있을 거야…… 내 아들은
저걸 하고 있을 거야…….〉」

그는 목이 메어 오는지 입을 다물었다. 매그레는 연필
을 깎는 척했고, 수사국 사무실 문들이 열리고 닫히는 소
리가 들리기 시작했다.

「샤를로트는 당신이 편지를 쓴 사실을 알고 있었소?」

「아뇨! 전 편지를 호텔에서 썼거든요……. 3년이 흘렀
어요……. 어느 날, 전 고객들이 테이블 위에 버리고 간 외
국 잡지들을 뒤적이고 있었어요. 그러다 소스라치게 놀
랐죠. 거기에 다섯 살 정도 되어 보이는 어떤 사내아이와
함께 있는 미미의 사진이 있는 거예요. 미시간주, 디트로
이트에서 발간된 잡지였는데, 사진 설명문의 내용은 대충
이랬어요. 〈태평양 크루즈 여행에서 돌아온 지극히 우아
한 미시즈 오즈월드 J. 클라크와 그녀의 아들…….〉 전 다
시 편지를 썼죠.」

「뭐라고 썼소?」 매그레는 무심한 어조로 물었다.

「잘 기억이 안 나요. 전 마치 미친놈 같았죠. 음…… 제
게 답장 좀 달라고 애원했죠. 또 이렇게 썼을 거예요. 내
가 거기로 가겠다, 만일 내 아들을 돌려주는 것을 거부한

다면 난 세상에 모든 진실을 밝힐 것이며, 또……」

「또……?」

「맹세컨대 전 실제로 그러진 못했을 거예요……. 네, 그
래요! 어쩌면 그녀를 죽여 버리겠다고 위협했을지도 모
르죠……. 아! 그녀가 8일 동안 아이와 함께 제 머리 위
에서 지냈는데, 전 꿈에도 모르고 있었다는 걸 생각하
면…….

전 그 사실을 우연히 알게 됐어요……. 반장님도 그
〈시종실〉을 보셨죠? 지하실에 처박혀 있는 우리에겐 이
름이란 존재하지 않아요. 단지 117호실이 아침에 코코
아를 마시고, 452호실은 베이컨 에그를 먹는다는 사실을
알 뿐이죠. 우리가 아는 것은 123호실의 하녀와 216호실
의 운전기사뿐이에요…….

그 일은 너무도 어이없게 일어났어요……. 제가 시종실
에 들어갔는데…… 어떤 여자가 한 운전기사에게 영어로
뭐라고 말하는데, 그 말 가운데 미시즈 클라크라는 이름
이 들리는 거예요.

전 영어를 못하기 때문에 경리 주임에게 물어봐 달라
고 부탁했고, 경리 주임이 그녀에게 물었어요. 지금 디트
로이트의 미시즈 클라크에 대해 말하고 있는 거냐, 그녀
는 아들과 같이 있느냐…….

그들이 여기 있다는 걸 알게 된 저는 온종일 로비 홀에

서, 혹은 그들 방이 있는 층에서 그들의 모습을 보려고 애썼어요. 하지만 우린 호텔 안을 마음대로 돌아다닐 수 없는 처지이다 보니…… 아무런 결과도 얻지 못했죠…….

더구나…… 반장님이 제 심정을 이해하실 수 있을지 모르겠는데…… 설령 미미가 저더러 다시 같이 살자고 했다해도 전 그럴 수 없을 거예요. 제가 그녀를 더 이상 사랑하지 않게 된 걸까요……? 어쩌면 그럴지도 모르죠…….아무튼 분명한 것은, 그동안 저를 너무 착하게 대해 줬던 샤를로트를 떠날 생각은 하지 않았을 거라는 사실입니다.

따라서 제가 원했던 것은 미미의 현재 삶을 깨뜨리는게 아니었어요. 단지 그녀가 어떤 방법으로든 아들을 제게 돌려주기만을 바랐죠. 그 애를 키울 수만 있다면 샤를로트는 너무도 행복해할 거예요.」

이때 프로스페르 동주를 쳐다본 매그레는 그가 극도로 격앙되어 있는 것을 발견했다. 만일 그가 마신 것이 맥주 반 리터 한 잔에 불과하다는 — 그걸 다 비운 것도 아니었다! — 사실을 몰랐다면, 지금 그가 취했다고 생각했으리라. 얼굴은 피가 올라와 시뻘겠고, 툭 튀어나온 커다란 두 눈은 물기로 번들거렸다. 울지는 않았지만 헐떡대고 있었다.

「반장님도 아이가 있으세요?」

이번에는 매그레가 슬그머니 얼굴을 돌려 버렸다. 부

부간에 자식이 없는 것은 매그레 부인의 큰 슬픔이었던 까닭이다. 매그레 자신은 이와 관련된 얘기는 어떻게든 피하려 했고.

「판사님은 계속 혼자만 말씀하셨어요. 제가 이러이러한 이유로 이렇게 하고 또 저렇게 했다고 하시더군요. 하지만 저는 그러지 않았어요……. 잠시라도 틈이 날 때마다 혹시 아들의 모습이 보일까 하여 호텔의 으슥한 뒤쪽 복도들을 어정거리면서 하루를 보내고 나니…… 나 자신이 무슨 행동을 하고 있는지조차 모르게 되어 버렸어요……. 그리고 전화벨은 계속 울려 대지, 음식물 운반용 승강기들, 세 여자 보조들, 채워야 할 커피포트들이며 우유 단지들은 정신없이 움직이지……. 마침내 전 한쪽 구석에 앉았지요…….」

「지금, 커피 준비실 말하는 거요?」

「네…… 전 편지를 썼어요. 미미를 한번 보고 싶었죠. 아침 6시에 지하실에는 거의 언제나 저 혼자만 있다고 생각하고는…… 그녀에게 내려와 달라고 간청했죠.」

「그녀를 위협하지는 않았소?」

「어쩌면요, 편지 끝부분에…… 네, 아마 그렇게 썼을 거예요. 만일 당신이 사흘 안에 내려오지 않으면, 난 필요한 조처를 하겠다…….」

「〈필요한 조처〉라니? 그게 무슨 뜻이었소?」

「저도 잘 모르겠어요⋯⋯.」

「그녀를 죽일 생각이 있었소?」

「그럴 순 없었을 거예요.」

「아이를 납치할 생각은?」

그는 거의 바보처럼 느껴지는 가련한 미소를 머금었다.

「반장님은 그게 가능하다고 생각하시나요?」

「그녀의 남편에게 모든 걸 밝힐 생각은 없었소?」

그러자 동주의 눈이 화등잔만 해졌다.

「아니에요! 정말이지 아니라고요! 차라리⋯⋯ 차라리 화가 불쑥 치밀어 나도 모르게 그녀를 죽일 수는 있었을지언정⋯⋯. 하지만 그날 아침, 제가 포슈 거리에 이르렀을 때 자전거 타이어가 터져 버렸어요. 그래서 마제스틱 호텔에는 평소보다 15분 가까이 늦게 도착했죠. 미미는 보이지 않더군요. 전 그녀가 내려왔다가, 내가 보이지 않자 다시 자기 객실로 올라갔다고 생각했어요. 만일 그때 그녀의 남편이 없었다는 사실을 알았다면, 전 직원용 층계로 올라갔을 거예요. 하지만 계속하는 얘기지만, 지하실에 처박힌 우리들은 머리 위에서 일어나는 일들에 대해서는 전혀 모르는지라⋯⋯. 전 뭔가 불안했어요⋯⋯. 그날 아침, 전 그렇게 자연스럽게 보이지 않았을 거예요⋯⋯.」

매그레는 갑자기 그의 말을 끊었다.

「그런데 왜 탈의실로 가서 89번 로커를 연 거요?」

「그건 바로 설명해 드릴 수 있어요. 그리고 사실 이것은 — 적어도 반장님 같은 일을 하시는 분에게는 — 제가 거짓말하지 않는다는 증거가 될 거예요. 왜냐면 만일 제가 그녀가 죽었다는 걸 알았다면, 절대 그런 식으로 행동하진 않았을 테니까요……. 아마 9시 15분 전쯤이었을 거예요, 3층 담당 웨이터가 203호실 주문을 보내왔어요. 그 주문표에는 — 호텔 본부가 보관하고 있으니 반장님도 확인하실 수 있습니다 — 이렇게 적혀 있더라고요. 〈빵을 곁들인 코코아 한 잔, 베이컨 에그 둘과 차 한 잔…….〉」

「그게 어쨌다는 거요?」

「제 얘기를 끝까지 들어 보세요! 전 코코아는 아이 거고, 베이컨 에그와 차는 가정부 거라는 걸 알고 있었어요. 즉, 두 사람만 주문한 거죠……. 다른 날에는 같은 시간이면 항상 미미를 위한 블랙커피 하나와 비스코트[10] 주문이 들어왔어요. 그래서 전 쟁반 위에 블랙커피와 비스코트를 올려놓았죠. 그렇게 해서 음식물 운반용 승강기를 올린 겁니다. 그런데 잠시 후, 블랙커피와 비스코트가 되돌아왔습니다. 이런 별것도 아닌 일에 중요성을 부여한다는 것이 반장님에겐 이상하게 보일지 모르지만…… 하지만 여기 지하실에선 그게 우리가 외부 세계에 대해 아는

10 얇게 썰어 바삭하게 구운 빵.

거의 전부라는 사실을 잊지 마세요…….

전 수화기를 집어 들었어요.

〈여보세요! 미시즈 클라크는 아침 식사 안 하신대?〉

〈미시즈 클라크는 자기 방에 안 계세요.〉

반장님이 제 말을 믿으실지 모르겠는데…… 아마 판사님은 믿지 않으시겠죠……. 그때 전 분명히 무슨 일이 일어났다는 생각이 들었습니다…….」

「어떤 생각을 했던 거요?」

「뭐, 말씀드리는 수밖에 없겠죠……. 전 그녀의 남편을 생각했어요. 만일 그가 그녀의 뒤를 밟았다면…….」

「당신은 편지를 누구를 통해 보냈소?」

「한 벨보이를 통해서요. 녀석은 자기가 분명히 그녀에게 전달했다고 주장했어요. 하지만 그런 꼬마들은 거짓말을 밥 먹듯 하는 녀석들이에요. 이런 환경에선 하도 이상한 사람들을 많이 접하다 보니 애들이 그렇게 되는 거죠……. 또 클라크 자신이 우연히 편지를 발견했을 수도 있는 일이고……. 자, 그래서 말이죠, 그때 사람들이 제 모습을 봤는지는 모르겠지만, 전 지하실의 문들을 죄다 열어 보며 다녔습니다. 물론 여기선 보통 다른 사람들의 행동에 별로 신경 쓰지 않기 때문에, 저의 그런 행동도 눈에 띄지 않고 지나갔을 수도 있겠죠……. 어쨌든 전 그런 식으로 탈의실까지 들어가게 된 거예요.」

「89번 로커 문은 정말로 반쯤 열려 있었소?」

「아니에요! 사실 전 비어 있는 로커들을 하나하나 다 열어 봤던 겁니다……. 반장님, 이런 제 말이 믿어지세요? 다른 사람들은 제 말을 믿을까요……? 못 믿겠죠, 안 그렇습니까? 그래서 전 진실을 얘기하지 않았던 거예요……. 전 기다렸어요. 사람들이 저는 생각하지 않고 지나가기를 바랐죠. 그러다 반장님께서 심문 대상에서 저만 빼놓는 걸 보고서야……. 반장님이 제게는 한마디도 안 하시면서, 아니 저는 아예 쳐다보지도 않으시면서 지하실을 왔다 갔다 하고 계셨던 그날 하루, 태어나서 그렇게 힘든 시간은 없었습니다! 제가 무얼 하고 있는지조차 모르겠더라고요. 심지어는 라디오 청취료를 내야 한다는 것까지 잊어버렸습니다. 그래서 가다가 되돌아와야 했죠. 불로뉴 숲에서 반장님이 따라와 절 부르셨고, 그때서야 전 반장님이 절 주시하고 있다는 걸 깨달았습니다…….

다음 날 아침, 샤를로트가 절 깨우며 이렇게 말했어요.

〈왜 개를 죽였다고 내게 털어놓지 않았어?〉

반장님, 생각해 보세요, 샤를로트조차 그렇게 생각한다면…….」

날이 완전히 밝아 있었지만, 매그레는 그 사실도 모르고 있었다. 센강에 걸쳐진 다리 위로 버스들, 택시들, 배달 트럭들이 거센 물살처럼 흘러가고 있었다. 파리의 삶이 다시 시작된 것이다.

긴 침묵이 흐른 후, 프로스페르 동주는 좀 더 흐릿해진 목소리로 중얼거리듯 말했다.

「그 아이는 프랑스어도 못하는데……! 제가 알아봤죠……. 반장님, 그 애를 보러 가실 거죠……?」

그러더니 갑자기 겁에 질린 얼굴로,

「반장님! 설마 그 애를 미국으로 돌려보내는 건 아니겠죠?」

전화벨이 울렸다.

「여보세요……? 매그레 반장님이세요……? 국장님께서 부르십니다.」

매그레는 한숨을 쉬고 사무실에서 나왔다. 보고를 올려야 할 시간이었다. 그는 수사국 국장실에서 20여 분을 머물렀다.

그리고 다시 돌아와 보니, 동주는 몸을 앞으로 숙이고 미동도 없이 앉아 있었다. 탁자 위에 교차해 놓은 두 팔 안에 얼굴을 묻은 채로.

반장은 알 수 없는 불안감에 사로잡혔다. 하지만 손가락으로 어깨를 살짝 찔러 보니, 수인은 다시 천천히 고개를 들어, 눈물로 얼룩진 읽은 얼굴을 구태여 부끄러운 시늉을 하려 하지도 않고 그대로 드러냈다.

「수사 판사님이 자기 사무실에서 당신을 심문할 거

요……. 이번에는 조금 전에 얘기한 내용을 그대로 되풀이하라고 충고하고 싶소.」

형사 한 명이 문가에서 기다리고 있었다.

「반장님, 죄송합니다만…….」

매그레는 호주머니에서 수갑을 꺼냈고, 철커덕 소리가 두 차례 울렸다.

「규정이니 할 수 없구먼!」 그는 한숨을 쉬었다.

사무실에 혼자 남게 된 그는 걸어가 창문을 열고는 축축한 공기를 깊이 들이마셨다. 그리고 10여 분이 흐른 뒤, 형사들의 사무실 문을 열었다.

이제 그는 한결 싱싱하고 가뿐해 보였고, 평소의 습관대로 활기차게 외쳤다.

「자, 애들아, 모두들 별일 없냐?」

6
샤를로트의 편지

나지막한 벤치에 앉은 두 군경이 등을 벽에 기대고 팔짱을 낀 자세로 장화 신은 두 다리를 한껏 내뻗고 있는 통에 복도의 거의 절반이 막혀 있었다.

그들 옆쪽에 난 문에서 두런거리는 소리가 새어 나오고 있었다. 복도를 따라 나 있는 다른 문들에도 옆에 벤치가 붙어 있었고, 그 위에는 거의 예외 없이 군경들이 앉아 있었으며, 수갑을 차고 그 군경들 사이에 끼어 있는 사람도 더러 보였다.

정오였다. 잇새에 파이프를 문 매그레는 수사 판사 보노의 사무실 앞에서 차례를 기다리고 있었다.

「무슨 일이야?」 그는 한 군경에게 사무실 문을 가리키며 물었다.

대답은 질문만큼이나 간략하고도 함축적이었다.

「생마르탱가의 금은방 건이에요.」

다른 판사의 사무실 앞에는 어떤 아가씨 하나가 맥없이 주저앉아 사무실 문을 절망적으로 응시하고 있었다. 그녀는 손수건으로 코를 풀거나 눈가를 훔치기도 하고, 손가락들을 깍지 꼈다가는 극도의 초조함을 견디지 못하고 깍지 낀 두 손을 양쪽으로 잡아당기기도 했다.

위협적으로 느껴지는 보노의 목소리가 한층 또렷해졌다. 문이 열린 것이다. 매그레는 아직 뜨끈한 파이프를 기계적으로 호주머니에 집어넣었다. 방에서 나오자마자 다시 군경들에 손에 넘겨진 젊은 친구에게서는 진짜배기 건달 특유의 뻔뻔스러운 분위기가 철철 흘렀다. 그는 판사 쪽으로 고개를 슬쩍 돌리고는 비꼬듯이 한마디 던졌다.

「언제든지 다시 찾아뵙겠습니다, 판사님!」

그러다가 매그레를 봤다. 그는 미간을 살짝 찌푸리는가 싶더니, 다시 안심이 되는지 반장에게 윙크까지 한 번 보냈다. 이때 매그레의 시선은 무언가가 어렴풋이 떠오르긴 하는데 그게 정확히 무엇인지 모르겠는 듯, 흐릿해져 있었다.

반쯤 열린 문 뒤에서 이런 소리가 들렸다.

「반장을 들어오게 해요……. 그리고 브누아 씨, 당신은 나가 봐도 괜찮고……. 오늘 오전엔 일이 끝났어요.」

매그레는 방에 들어갔다. 눈에는 방금 전의 의문이 여전히 묻어 있었다. 왜 이 사무실을 나오던 그 죄수의 모습이 그렇게 인상적으로 느껴졌던 것일까?

「안녕하시오, 매그레 반장! 너무 피곤하진 않으시오? 자, 어서 앉으시오. 그런데 파이프는 어디에다 두셨소? 뭐, 어려워 말고 피우시오…… . 자, 칸에 다녀오신 일은 어떠셨나?」

물론 보노는 못된 사람은 아니었다. 하지만 그는 경찰을 통하지 않고 어떤 결과물을 얻어 낸 데에 너무도 만족해하고 있었다. 그는 이런 감정을 숨기려고 애를 썼지만, 눈동자 속에 조그만 불꽃이 신이 나서 춤을 추는 것은 자신으로서도 어쩔 수가 없었다.

「참 재미있지 않소? 파리의 이 사무실에서 한 발자국도 나가지 않은 나와 코트다쥐르까지 다녀오신 반장이 결국 똑같은 사실을 알게 됐다는 게…… . 자, 어떻게 생각하시오?」

「네, 재미있네요…… .」

매그레는 초대받은 집 여주인의 권유에 못 이겨 끔찍한 요리를 다시 맛보고 있는 사람의 그것 같은 미소를 지었다.

「자, 반장, 이 사건에 대해선 어떻게 생각하시오? 이 프로스페르 동주에 대해선 어떻게 생각하시고……? 여기 그자의 진술서가 있소. 뭐, 이미 오늘 아침에 반장에게도 나한테 얘기한 것과 똑같이 얘기했던 모양이던데…… 한

마디로 그자는 모든 걸 자백했다오.」

「두 건의 범죄만 빼놓고요.」 매그레는 속삭이듯 조그
맣게 대꾸했다.

「물론이지, 두 건의 범죄만 빼놓고! 어디 그것까지야
바랄 수 있겠소? 어쨌든 그는 자기가 옛날 애인을 협박했
다고 자백했소. 그리고 그녀에게 아침 6시에 호텔 지하실
로 내려오라고 했다고도 자백했는데, 이 불쌍한 여인이
당장에 달려가 권총을 구입한 것을 보면 편지 내용이 썩
부드럽지만은 않았던 듯하오……. 또 그는 자전거 타이
어가 터져서 지각했다는 그 헛소리도 했는데…….」

「그건 헛소리가 아닙니다.」

「헛소리가 아닌지 반장이 어떻게 아시오……? 호텔에
들어오기 직전에 타이어를 터뜨렸을 수도 있는 일이오.」

「그렇지 않습니다……. 내가 그날 아침 포슈 거리에서
펑크 난 타이어 때문에 그에게 말을 걸었던 순경을 찾아
냈습니다.」

「별것도 아닌 일이니 어떻든 상관없소.」 자기가 쌓아
올린 멋진 건축물이 무너져 내리는 꼴을 보고 싶지 않은
판사가 급히 말을 돌렸다. 「자, 그런데 반장, 당신은 동주
의 과거에 대해 조사 좀 해보셨소?」

이번에는 보노의 눈 속 작은 불꽃이 훨씬 분명하게 보
였으며, 그는 조급함을 이기지 못하고 연신 턱수염을 쓰

다듬었다.

「아마 미처 시간이 없으셨겠지. 나는 호기심에 이끌려 범죄 기록부 담당자에게 조회를 부탁해 봤소……. 그의 기록이 내려왔고, 그렇게 해서 난 겉보기엔 그토록 온순해 보이는 이 친구가 사실은 초범이 아니라는 사실을 발견하게 된 거요.」

매그레의 태도는 수그러들지 않을 수 없었다.

「참 이상해!」 법관이 말을 이었다. 「바로 우리 머리 위, 팔레 드 쥐스티스의 다락 창고에는 범죄 기록부들이 분명히 있는데, 우린 그걸 이용할 생각을 안 한단 말씀이야……! 자, 보시오! 열여섯 살 때 비트리르프랑수아의 한 카페에 설거지 담당으로 들어간 프로스페르 동주는 금전 등록기에서 50프랑을 훔쳐 달아났다가, 리옹행 열차에서 붙잡혔소. 벌써부터 싹수가 노랗지 않소……? 소년원 들어가는 걸 간신히 면하게 된 그는 2년간 특별 감호를 받게 되었소.」

참으로 희한하게도 이 순간에도 매그레는 이렇게 자문하고 있었다.

〈대체 내가 어디서 봤더라? 아까 그…….〉

지금 그가 생각하고 있는 사람은 동주가 아니라, 이 방에 들어오면서 봤던 그 젊은 친구인 것이다.

「15년 후, 이번에는 칸에서 폭행 치상 및 경찰에 대한 공무 집행 방해와 모독죄로 징역 3개월의 집행 유예를 선고받은 바 있으며…… 그리고 이제 내가 반장에게 뭔가를 보여 드려야 할 시간이 된 것 같소.」

이렇게 말하는 동시에 그는 동네 잡화점에서 살 수 있는, 혹은 작은 카페에서 주문표 적는 가죽 받침판 안에서 찾아볼 수 있는 종류의 모눈종이 한 장을 내밀었다. 자주색 잉크로 써진 글은 약간 갈라진 펜으로 쓴 듯했으며, 필체는 별로 배우지 못한 여자의 그것 같이 보였다.

법관이 받았고, 그에게 프로스페르와 미미의 사랑에 대해 알려 줬다는 그 문제의 익명 편지였다.

「자, 이건 봉투요. 보시다시피 자정에서 아침 6시 사이에 클리시 광장의 우체통에 넣어진 거요. 클리시 광장, 들으셨소……? 자, 이제 이 공책을 한번 검토해 보시오.」

기름얼룩 등이 묻어 있는, 그다지 깨끗하지 않은 공책이었다. 안은 요리법들로 채워졌는데, 잡지 같은 데서 오려 내어 붙여 놓은 것들도 있고, 베껴 쓴 것들도 있었다.

이번에는 매그레의 미간이 잔뜩 찌푸려졌고, 판사는 승리의 미소를 감추지 못했다.

「어떻소? 이게 같은 필체라고 생각하지 않으시오? 난 분명히 그렇다고 생각하오만……. 자, 반장, 이 공책이 압수된 곳은 당신도 잘 알고 있는 집, 좀 더 정확히 말해서 생클루에 있는 프로스페르 동주의 집 부엌 선반이었고,

이 요리법들을 베껴 쓴 사람은 샤를로트라는 여인이었다
오…….」

　그는 너무나도 흡족한 나머지, 짐짓 미안해하는 표정
까지 지어 보였다.

　「경찰과 우리의 생각이 항상 똑같지만은 않다는 사
실, 나도 잘 알고 있소……. 당신네 수사국 사람들은 어
떤 부류의 사람들에 대해, 어떤 불법적 상황들에 대해 우
리 법관들로선 동의하기가 약간 힘든 관용을 보여 주곤
하지……. 자, 반장, 이젠 우리가 항상 틀리지만은 않다는
사실을 그쪽도 인정해 줘야 하지 않겠소……? 그리고 한
번 설명해 보시오. 만일 그 프로스페르가 겉보기처럼 그
렇게 선량하기만 한 인간이라면, 왜 다름 아닌 그의 정부
가, 다시 말해서 역시 착한 여자 흉내를 내고 있는 그 샤
를로트가 그를 파괴해 버릴 수 있는 그런 익명 편지를 내
게 보냈느냐 말이오?」

　「모르겠습니다…….」

　매그레는 완전히 KO된 듯한 모습이었다.

　「보면 알겠지만 이 수사는 더 이상 오래 끌지 않을 거
요! 난 동주를 상태 교도소에 보냈소. 반장이 그 샤를로
트를 잘 요리해서 증언을 받아 내기만 하면…… 두 번째
범죄는 쉽게 설명될 수 있소. 그 야간 담당 수위…… 이름
이 콜뵈프지, 아마……? 그는 첫 번째 살인을 부분적으로

123

나마 목격했었을 거요……. 아무튼 그는 미시즈 클라크의 살해범이 누구인지를 알고 있었겠지. 그 때문에 심란해서 낮 동안 잠도 자지 못했을 거고…… 그렇게 온종일 고민하다가, 결국 마제스틱 호텔로 돌아와 살인범에게 그를 고발하겠다고 경고했겠지……」

전화벨이 울렸다.

「여보세요! 그래…… 알았어, 금방 갈게.」

그리고 매그레에게 말했다.

「친구들과 점심 식사 약속이 있다고 아내가 상기시켜주네요……. 자, 반장께서 수사를 잘 마무리 지으시길 빌겠소. 이젠 필요한 단서들도 충분히 갖춰졌을 테니……」

거의 문까지 갔던 매그레는, 한참 전부터 찾고 있던 것을 마침내 찾아낸 사람처럼 몸을 휙 돌렸다.

「아, 그리고 판사님, 그 프레드 말이죠…… 그러니까, 아까 내가 왔을 때 판사님이 심문하시던 친구가 〈마르세유 놈 프레드〉가 맞죠?」

「그놈의 공범들 이름을 알아내려고 벌써 여섯 번째 심문하던 참이라오.」

「내가 그 프레드를 20일쯤 전에, 이탈리아 광장의 안젤리노네 가게에서 한 번 만났어요.」

판사는 그래서 어떻다는 거지, 하는 표정으로 멀뚱히 그를 쳐다봤다.

「안젤리노는 질이 별로 좋지 않은 친구들이 드나드는 댄스홀을 하나 경영하고 있고, 1년 전에는 〈애꾸눈 해리〉의 누이와 살림을 차렸죠.」

법관은 여전히 이해하지 못하고 있었다. 매그레는 그 거대한 몸집이 허용하는 최대한의 겸손한 자세로 매듭지었다.

「애꾸눈 해리는 주거 침입 절도죄로 세 차례 형을 받은 바 있습니다……. 전직 석공으로 벽 뚫기가 특기거든요.」

그러고는 마침내 문손잡이를 잡으며,

「혹시 생마르탱가의 절도범들이 벽 두 개를 뚫고 지하실을 통해 침투하지는 않았던가요……? 자 판사님, 그럼 다음에 뵙겠습니다!」

아무튼 그는 기분이 썩 좋지가 않았다. 그 샤를로트의 편지……. 만일 누군가가 이때의 그의 얼굴을 보았다면, 그는 단순히 화가 난 것만이 아니라 몹시 서글픈 감정에 젖어 있다고 단언했으리라.

그는 형사를 한 명 보낼 수도 있었다. 하지만 형사가 그를 대신하여 어떤 집의 분위기를 냄새 맡을 수 있겠는가……? 불로뉴 숲 가장자리를 따라 뻗은 마드리드 가로수길. 단철 문이 달린 커다랗고 새하얗고 호화로운 신축 건물. 로비 홀의 오른쪽에 있는 유리문을 통해, 나무랄 데

없는 응접실로 꾸며진 관리인실이 들여다보인다. 앉아서 고개를 주억거리고 있는 서너 명의 여자들. 명함들이 담긴 쟁반 하나. 빨갛게 눈이 충혈된 다른 여자 하나가 문을 반쯤 열고는 묻는다.

「무슨 일이죠?」

두 번째 방의 열린 문을 통해 두 손을 한데 모은 침대 위의 시신, 손가락 사이의 묵주, 어스름 속에 흔들리는 두 개의 촛불, 그리고 성수반(聖水盤) 속의 회양목 가지가 보인다.

사람들은 나지막이 얘기하고 있었다. 이따금 코를 풀기도 했다. 매그레는 뒤꿈치를 들고 살금살금 걸었다. 성호를 긋고 고인에게 성수를 조금 뿌린 다음, 촛불로 기이하게 밝혀진 그의 코를 잠시 말없이 쳐다보았다.

「반장님, 끔찍한 일이에요⋯⋯. 적이라곤 하나도 없었던 그렇게 선량한 사람이⋯⋯!」

침대 위의 타원형 액자 속에는 쥐스탱 콜뵈프의 확대 사진이 들어 있었다. 그가 아직 엄청나게 큰 콧수염을 달고 있던 시절에 찍은 것으로, 특무 상사 제복 차림이었다.

액자에는 종려 잎사귀 세 개가 십자형의 메달과 함께 달려 있는 무공 훈장 하나를 고정해 놓았다.

「그 양반은 직업 군인이었어요, 반장님⋯⋯. 은퇴를 하고 나서는 무료함을 견디지 못했고, 어떻게 해서라도 뭔가 다시 일을 해보려고 했어요. 한동안은 오스만가의 한 클럽에서 경비원으로 일했어요. 그러고 나서 마제스틱 호텔의 야간 담당 수위직 제의가 들어와 받아들인 거죠. 잠은 거의 필요가 없는 사람이었거든요. 병영에 있을 때도 거의 매일 한밤중에 벌떡 일어나 순찰을 했었어요.」

이웃집 여자들은, 어쩌면 친척일 수도 있겠는데, 자못 엄숙한 얼굴로 고개를 끄덕였다.

「낮 동안엔 무얼 하셨습니까?」 매그레가 물었다.

「아침 7시 15분에 집에 들어오면, 딱 건물 쓰레기통 내놓을 시간이에요. 그 양반은 내가 힘든 일을 하게 놔두지 않았죠. 문가에서 파이프를 피우고 있다가 우체부가 오면 그와 잠시 잡담을 나눴어요. 그런 후에 정오까지 잠을 자요. 잠은 그걸로 충분했죠……. 점심을 먹고 나서는 불로뉴 숲을 지나 샹젤리제까지 걸어갔어요. 이따금 마제스틱 호텔에 들어가 주간 담당 동료들에게 인사를 건네기도 하고……. 그런 다음에는 퐁티외가의 조그만 바에 들어가 카드 게임을 하다가는, 6시에 집에 돌아와서는 7시에는 호텔로 다시 출근하곤 했어요……. 이 모든 것들은 너무도 규칙적이어서 이웃 사람들은 그 양반이 지나가는 걸 보고 시계를 맞출 정도였답니다.」

「수염을 안 기른 지는 오래되셨나요?」

「제대하면서 싹 밀어 버렸어요……. 전 기분이 아주 묘

했어요. 사람이 갑자기 조그매진 것 같았거든요……. 심지어는 키까지 작아진 듯한 느낌이었어요.」

매그레는 고인에게 한 번 더 절을 한 뒤, 살금살금 걸어 집을 나왔다.

그는 생클루에서 멀지 않은 곳에 있었다. 당장에 그곳으로 달려가고 싶었지만, 다른 한편으로는 왠지 모르게 머뭇거리는 마음도 있었다. 택시 한 대가 지나가는 게 보였다. 그는 손을 들었다. 할 수 없지!

「생클루로 갑시다……. 어느 집인지는 가서 설명해 드리겠소.」

가랑비가 내리고 있었다. 하늘은 회색이었다. 오후 3시밖에 되지 않았음에도 날은 마치 해 저물 무렵 같았다. 꽃도 잎사귀도 없는 정원 속에 덩그러니 서 있는 집들은 황량하게만 느껴졌다.

초인종을 눌렀다. 문을 열어 준 이는 샤를로트가 아니라 지지였다. 동주의 동거녀는 부엌에서 누가 왔는지 보려고 고개만 옆으로 조금 기울였을 뿐이었다.

지지는 한마디 말도 없이, 여전히 그 경멸하는 태도로 어디론가 사라져 버렸다. 매그레가 이 집을 방문한 지 불과 이틀밖에 안 되었지만, 그사이에 뭔가가 바뀐 듯한 느낌이었다. 어쩌면 지지가 그녀와 함께 약간의 무질서를 몰고 온 것이 아닐까? 부엌 식탁 위에는 점심 식사 후 남은 음식들이 아직도 널려 있었다.

지지가 그녀에겐 너무 큰 샤를로트의 실내 가운을 걸치고, 맨발로 프로스페르의 실내화를 질질 끌고서 다시 나타났다. 담배도 꼬나물고 있었는데, 연기 때문에 눈은 반쯤 감은 채였다.

샤를로트는 의자에서 일어났지만, 할 말을 찾지 못하고 머뭇거렸다. 얼굴은 부석거렸고, 브래지어를 하지 않은 젖가슴은 지친 듯 축 처져 있었다.

누가 먼저 입을 열 것인가? 두 사람은 불안과 의심에 찬 시선으로 서로를 쳐다봤다. 매그레는 차분한 모습을 보이기 위해 의자에 앉아서는 중산모를 무릎에 올려놓았다.

「내가 오늘 아침에 프로스페르와 긴 대화를 나눴소.」 그가 마침내 입을 열었다.

「그가 뭐라고 하던가요?」 샤를로트가 급하게 물었다.

「자기는 미미도, 야간 담당 수위도 죽이지 않았다고……」

「아하!」 지지가 의기양양하게 소리쳤다. 「거봐, 내가 뭐라고 그랬어?」

하지만 샤를로트는 뭐가 뭔지 모르겠다는 표정이었다. 그녀는 어찌할 바를 모르고 있었다. 천성적으로 큰 비극을 잘 견뎌 내지 못하는 그녀는 여전히 무언가 매달릴 것을 찾고 있는 듯했다.

「난 또 수사 판사도 만나 봤소. 그는 프로스페르와 미미에 관련된 익명 편지를 한 장 받았더군……」

별다른 반응이 없었다. 샤를로트는 여전히 피곤한 눈꺼풀과 축 늘어진 몸을 하고, 호기심 어린 눈으로 그를 쳐다볼 뿐이었다.

「익명 편지요?」

그는 그녀에게 그가 가져온 공책을 내밀었다.

「이 공책 안에다 글을 쓴 사람이 당신이 맞소?」

「네…… 그런데 왜요?」

「펜을 한번 잡아 보시겠소? 가능하면 잉크가 번지는 펜으로……. 잉크와 종이도 좀 가져오고.」

부엌 선반 위에 잉크병과 펜꽂이가 있었다. 지지는 조금이라도 위험이 느껴지면 끼어들 태세로 두 사람을 번갈아 쳐다보았다.

「자, 편하게 앉으시고…… 한번 써보시오.」

「뭐를 써야 하나요?」

「샤를로트, 쓰지 마! 이런 사람들은 무슨 짓을 할지 모른단 말이야!」

「쓰시오…… 아무 일도 없을 거라고 내가 약속하겠소……. 〈판사님, 저는 신문을 통해 알게 된 동주 사건에 대해 한 말씀 올리고자 합니다〉……. 왜 〈신문journaux〉

이라는 단어에 t자를 쓰셨소?」

「잘 모르겠어요……. 무슨 글자를 써야 하죠?」

매그레가 손에 들고 있는 익명 편지에는 s자가 적혀 있었다.[11]

「……〈그 미국 여자는 진짜 미국인이 아니라, 미미라는 이름의 전직 댄서입니다.〉」

매그레는 답답한지 어깨를 으쓱했다.

「됐소, 그만해요……. 자, 이젠 이걸 한번 보시오.」

그녀가 쓴 것과 똑같은 필체의 글이 거기 있었다. 몇 군데의 철자법 오류만이 다를 뿐이었다.

「이걸 누가 썼죠?」

「내가 알고 싶은 게 바로 그거요.」

「이걸 내가 썼다고 믿으셨나요?」

분노가 그녀의 목까지 차오르고 있었고, 반장은 서둘러 그녀를 진정시켰다.

「내가 믿은 건 아무것도 없소……. 내가 당신에게 묻고 싶었던 것은, 프로스페르와 미미의 로맨스에 대해서, 특히나 그 아이의 사연에 대해서 당신과 지지 말고 누가 알고 있었냐는 거요.」

---

11 프랑스어 *journaux*는 *journal*의 복수형으로, 마지막 x는 발음이 되지 않는다. 이런 이유로 제대로 교육받지 못한 사람들은 이 x 대신 일반적인 복수형의 s를 넣기도 하고, t를 쓰기도 한다.

「지지, 넌 생각나는 사람 있어……?」

두 여자는 한참 동안, 느릿느릿하게 찾아봤다. 그들이 꾸무적거리고 있는 이 어질러진 집 안이 갑자기 불결한 느낌으로 다가왔다. 이따금 지지의 콧구멍이 파르르 경련했고, 매그레는 그녀가 머지않아 약간의 마약을 찾아 수상쩍은 장소들로 달려가리라는 걸 느꼈다.

「아니…… 우리 셋 외엔 없어…….」

「전에 미미의 편지를 받은 사람이 누구요?」

「나예요.」 지지가 말했다. 「그리고 칸을 떠나오기 전에, 내 기념품들을 간직하는 상자에서 그걸 찾아내어 가져왔어요.」

「어디 한번 줘봐요.」

「우선 내게 맹세해야 해요. 즉…….」

「알았소, 멍청한 사람 같으니! 지금 내가 프로스페르를 진창에서 꺼내 주려 애쓴다는 거 모르겠소?」

그의 얼굴은 심각하면서도 침울했다. 그는 이 사건 뒤에 뭔가가 이상하게 얽혀 있다는 걸 막연하게 느끼고는 있었지만, 출발점이 될 만한 단서는 전혀 없는 상태였던 것이다.

「보고 나서 돌려줄 거죠?」

그는 다시 한번 어깨를 으쓱한 다음, 읽기 시작했다.

지지에게,

휴! 됐어! 시간이 좀 걸리긴 했지만, 됐다고! 그때 샤를로트하고 너하고, 같이 낄낄댔었지? 내가 여기에서 벗어나 진짜 귀부인이 될 거라고 말했을 때 말이야.

자, 이것아, 이젠 됐단 말이야……. 오즈월드와 난 어제 결혼했어. 그것도 되게 희한한 결혼식이었지. 왜냐면 그는 식을 영국에서 올리기를 원하는데, 그곳 방식은 우리와는 전혀 다르더라고. 그래서 지금 내가 정말로 결혼한 거 맞아, 하는 의문이 들 정도야…….

샤를로트에게도 이 사실을 알려 줘. 3~4일 후엔 우리는 미국으로 출발할 거야. 파업 때문에 정확한 출발 날짜는 모르겠지만.

불쌍한 프로스페르에게는 아무 말도 하지 않는 편이 나을 거야. 착한 사람이긴 한데, 약간 유치하지. 내가 어떻게 그런 사람하고 1년이나 같이 지냈는지 몰라. 뭐, 1년 동안 선행을 했다고 생각해야겠지…….

하지만 말이야, 그 사람은 자신도 모르는 사이에 내게 엄청난 일을 해줬어. 이건 너만 알아 둬. 샤를로트에게도 얘기하지 말라고. 걔는 둘도 없이 감상적인 멍청이니까.

얼마 전에 말이야, 난 내가 임신했다는 걸 알게 됐어. 처음에 내 낯짝이 어떻게 찌그러졌을지는 안 봐도 뻔하겠지? 난 오즈월드에게 고백하기 전에 먼저 어떤 전문의에게 달려갔어. 우린 같이 계산을 해봤지……. 간단히 말해서, 그게 오즈월드의 아이가 아니란 게 분명했어……. 다시 말하자면 그건 그 불쌍한 프로스페르의……. 그 사람이 이걸 알면 절대로 안 돼! 가슴속 부정(父情)이 꿈틀댈 수도 있는 인간이니까…….

다 설명하자면 너무 긴데…… 어쨌든 그 의사는 정말로 친절한 사람이었어……. 출산일에 대해 약간 사기를 쳐서(나중에 가서는 예정일보다 일찍 나왔다고 둘러대면 돼) 우린 오즈월드로 하여금 자기가 아빠가 된다고 믿게 하는 데 성공했어.

그는 이 일을 아주 좋게 받아들였어. 첫인상과는 딴판으로 전혀 차가운 사람이 아니야. 정반대라고. 흉허물이 없어지면 마치 애들처럼 노는 사람이야. 파리에 있을 때 하루는, 나와 함께 춤집을 찾아다닌다, 회전목마를 탄다 하며 신나게 놀았지…….

요컨대 난 미시간주 디트로이트의 미시즈 오즈월드 J. 클라크가 된 거고, 앞으로는 영어만을 쓰게 되었어. 왜냐면 너도 기억하겠지만 우리 오즈월드는 프랑스어를 한마디도 못하거든.

가끔 너희들이 생각나. 샤를로트는 여전히 살찔까 봐 겁내고 있니? 여전히 뜨개질로 남는 시간들을 보내고? 걔는 분명히 어느 시골 수예점 카운터 뒤에서 인생 종 치게 될 거야!

그리고 너 지지는 절대 부르주아는 되지 못하겠지. 그 하얀 각반 찼던 손님이 코믹하게 말했듯이 ― 샴페인 한 병을 한 방에 다 마셔 버리던 그 남자 기억나? — 넌 뼈 속, 살 속에 못된 게 배어 있는 애니까!

크루아제트 거리에 내 대신 인사 좀 전해 주고, 또 프로스페르를 보고서 그가 자신도 모르는 사이에 아빠가 될 거라는 생각에 주책없이 깔깔대지는 말라고.

종종 엽서를 보낼게.

뽀뽀.

미미

「내가 이 편지를 가져가도 괜찮겠소?」

샤를로트가 끼어들었다.

「지지, 반장님이 알아서 하시게 놔둬. 어차피 일이 여기까지 왔는데……」

그런 다음, 반장을 현관까지 바래다주면서 말했다.

「그런데요 반장님! 제가 면회 허가를 받을 수 있을까요? 그 사람에게 외부에서 음식을 반입할 수 있는 권리가 있나요? 혹시 반장님께서……」

그러고는 얼굴을 붉히면서 반장에게 천 프랑짜리 지폐 한 장을 내밀었다.

「만일 그 사람이 책도 몇 권 받아 볼 수 있다면……. 시간만 있으면 책을 읽었던 사람이거든요……」

비…… 택시…… 하나둘 불이 들어오는 가로등…… 매

그레가 동주와 함께 자전거를 타고 지나왔던 숲…….

「날 마제스틱 호텔에 데려다주시겠소?」

호텔 수위는 매그레가 자기에게 말도 건네지 않고 로비 홀을 가로지르자 약간 불안한 얼굴로 따라와서는, 휴대품 보관실에서 외투와 모자를 벗는 그를 도와주었다. 지배인 역시 문의 커튼을 살짝 벌리고 그를 보았다. 모두가 매그레를 알고 있었고, 모두가 눈으로 그를 좇고 있었다.

바에나 가볼까? 그것도 괜찮겠지……. 그는 목이 컬컬했다. 하지만 그를 잡아끄는 어떤 희미한 음악 소리가 있었다. 지하실의 어딘가에서 악단이 어떤 탱고곡을 나른하게 연주하고 있었다. 그는 두꺼운 카펫이 깔린 계단을 통해 지하로 내려가서는 어떤 푸르스름한 빛 속으로 들어갔다. 작은 테이블들에서 여자 손님들이 케이크를 먹고 있었다. 춤을 추는 사람들도 있었다. 한 웨이터가 반장 앞으로 나아왔다.

「맥주 한 잔 주시오!」

「저어, 잘 아시겠지만…….」

매그레가 그를 한 번 스윽 노려보자 그는 금방 수그러들며 주문표에다 뭔가를 휘갈겼다. 이 주문표들은…….
매그레는 긴 여행을 떠나는 주문표들을 눈으로 좇았다. 댄스홀 가장 안쪽, 악단이 위치한 곳 오른쪽 벽에 일종의 뚜껑 문 같은 것이 있었다.

벽의 반대편에는 유리방들, 커피 준비실, 주방들, 설거지실들, 시종실, 그리고 마침내 제일 끝 쪽, 출퇴근 기록기 근처에 백여 개의 철제 로커가 있는 탈의실이 있으리라.

그는 누군가가 자신을 쳐다보고 있다는 걸 느꼈고, 보석으로 몸을 휘감은 한 중년 여자와 춤을 추고 있는 세비오를 발견했다.

그건 환상이었을까? 세비오의 시선이 매그레에게 뭔가를 가리키고 있는 듯한 느낌이 들었다. 매그레는 그게 무엇인지 찾아봤고, 아들의 가정교사인 엘런 대로먼과 춤을 추고 있는 오즈월드 J. 클라크를 발견하고는 작은 충격을 느꼈다.

두 남녀는 주위의 것들에는 완전히 무관심한 듯 보였다. 그들은 새로 시작한 사랑의 황홀경에 흠뻑 취해 있었다. 미소도 거의 없는 심각한 표정의 그들은 이 플로어에는, 아니 이 세상에는 오직 자기들 둘만 존재한다고 생각하고 있었고, 음악이 끝난 후에도 금방 테이블로 향하지 않고 잠시 꼼짝 않고 거기 서 있었다.

그때서야 매그레는 클라크가 입고 있는 재킷의 젖혀진 옷깃에 가느다란 검정 띠가 보일 듯 말 듯 달려 있는 것을 보았다. 이 사내는 자신이 상중(喪中)임을 이런 식으로 표시하고 있었던 것이다!

매그레는 미미가 지지에게 보낸 편지를 호주머니 속에

서 꽉 움켜쥐었다. 이걸 그냥 확 꺼내서…….

하지만 수사 판사는 클라크는 건들지 말라고 경고하지 않았던가? 왜냐면 일개 경찰관 따위하고 맞붙어 싸우기에는 분명히 너무도 고귀하신 신사분이니까…….

어떤 슬로 댄스곡이 탱고를 대신해서 흘러나왔다. 거품으로 덮인 반 파인트 맥주 한 잔이 조금 전에 웨이터가 보낸 주문표가 갔던 길을 거슬러 도착했다. 커플은 다시 춤추기 시작했다.

그러자 매그레는 벌떡 일어섰다. 그리고 자기 맥주 값을 내는 것도 잊어버리고 성큼성큼 걸어 로비 홀로 올라갔다.

「지금 203호에 누가 있소?」 그가 수위에게 물었다.

「제가 알기론, 보모와 아이가 있을 텐데요. 하지만……괜찮으시다면 제가 객실에 전화를 걸어서…….」

「그러지 마시오!」

「반장님 좌측에 엘리베이터가 있습니다.」

너무 늦었다! 벌써 매그레는 나지막이 으르렁대면서 대리석 계단을 천천히 올라가고 있었다.

7

〈지금 뭐라고 하는 거요〉의 밤

그것은 어쩌다 떠오른 생각, 그리고 이내 잊어버린 생각일 뿐이었다. 매그레는 마제스틱 호텔의 3층에 이르렀고, 숨을 고르려고 잠시 멈춰 섰다. 올라오다가 층계에서 쟁반을 나르는 웨이터 하나와, 외국 신문 한 뭉치를 들고 뛰어가는 벨보이 하나와 마주쳤었다.

그리고 지금 그의 앞에는 아주 우아한 여자들이 엘리베이터 안으로 들어가고 있었다. 음악을 들으며 차나 한 잔 마시려고 아래로 내려가는 것이겠지? 그들이 지나간 뒤로 짙은 향수 냄새가 떠돌았다.

〈저들은 모두 자기 자리에 있어.〉 그는 속으로 중얼거렸다. 〈어떤 이들은 무대 뒤에 숨어 있고, 어떤 이들은 살롱과 로비 홀에 있지. 한쪽에는 고객들, 그리고 다른 한쪽에는 직원들……〉

하지만 그의 내부에서 꿈틀거리는 생각은 정확히 이

게 아니었다. 자, 보자! 그의 주위에 있는 사람들은 모두 자기 자리에 있고, 각자는 각자가 해야 할 일을 하고 있다. 예를 들어, 어떤 돈 많은 외국 여자가 차를 마시고, 담배를 피우고, 맞춘 옷을 가봉하러 가는 것은 당연한 일이다. 또 어떤 웨이터가 쟁반을 나르고, 어떤 객실 담당 하녀가 침대를 다시 꾸미고, 어떤 엘리베이터보이가 엘리베이터를 조작하는 것도 자연스러운 일이다…….

요컨대, 각자의 신분과 할 일은 분명히, 그리고 결정적으로 정해져 있다.

그런데 만일 매그레에게 지금 당신이 무얼 하고 있느냐고 묻는다면, 그는 어떻게 대답할 것인가?

「난 한 사내를 감옥에 처넣으려 하고 있어. 아니면 단두대에 올려 버리거나…….」

뭐, 별건 아니었다! 아마도 지나치게 호화로운, 아니 공격적이리만큼 호화로운 배경 탓에, 티 살롱의 분위기 탓에 잠시 정신이 흔들린 것이리라…….

209호…… 207호…… 205호…… 203호……. 매그레는 잠시 망설이다가 노크를 했다. 문에 귀를 바짝 가까이 대보니 영어로 뭐라고 하는 아이의 목소리가 들렸고, 이어 좀 더 먼 곳에서 들어오라는 뜻인 듯한 어떤 여자의 목소리가 들렸다.

그는 곧바로 작은 현관방을 지나, 샹젤리제 거리 쪽으

로 창문 세 개가 나 있는 살롱에 들어갔다. 그 창문 중 하나와 가까운 곳에 간호사처럼 새하얀 블라우스를 입은 나이 지긋한 여자가 뭔가를 바느질하고 있었다. 바로 안경 때문에 더욱 딱딱해 보이는 가정부 거트루드 봄스였다.

하지만 반장의 관심 대상은 그녀가 아니었다. 그는 골프 바지를 입고, 가냘픈 몸통에 꼭 달라붙는 스웨터 차림을 한, 여섯 살 정도로 보이는 사내아이를 쳐다보았다. 카펫 위에 앉아 있는 아이의 주변에는 장난감들이 온통 흩어져 있었는데, 그중에는 커다란 기선 한 척과 다양한 메이커의 자동차들을 세밀하게 모방한 장난감 자동차들도 보였다. 매그레가 들어왔을 때 무릎 위의 그림책을 뒤적이고 있던 아이는 방문객을 힐끗 한 번 쳐다보고는 다시 고개를 숙였다.

「……」

나중에 매그레 부인에게 이때의 일을 들려주게 되었을 때, 매그레는 대략 이렇게 이야기했다.

「그 여자는 나한테 대충 이렇게 말하더라고.

〈유 위 유 위 위 웰……〉

그래서 시간을 절약하기 위해 난 아주 빨리 말해 버렸어.

〈여기가 오즈월드 J. 클라크 씨의 스위트룸이 맞나요……?〉

그녀는 또다시 시작하더군.

141

〈유 위 유 위 위 웰〉, 뭐 대충 이와 비슷한 소리로.

그사이에 난 꼬마 녀석을 관찰할 수 있었어. 나이보다 훨씬 큰 머리통에는 과연 불타오르는 듯한 빨간 머리칼이 덮여 있더군. 눈도 프로스페르 동주와 똑같았어. 빈카 꽃색이라고나 할까, 아니면 어느 여름날의 땅거미색이라고나 할까…… 목은 가느다랬고…….

아이는 나를 쳐다보면서 가정부에게 뭐라고 말하기 시작했어. 녀석도 영어로 말했기 때문에 내 귀에는 여전히 이런 소리만 들리더군.

〈유 위 위 유 위 위 웰…….〉

물론 그들은 알 수가 없었겠지. 대체 내가 무얼 하러 거기에 왔으며, 왜 그 살롱 한가운데 장승처럼 떡 버티고 서 있는지를……. 하지만 난들 알았을까, 내가 왜 거기에 가 있는지를……? 커다란 중국 항아리에 수백 프랑씩 한다는 꽃들이 꽂혀 있는 그 방에 말이야…….

결국 가정부는 일어났어. 바느질하던 것을 안락의자에 내려놓은 다음, 수화기를 들고는 지껄이기 시작하더군.

〈꼬마야, 너 프랑스어 못하냐?〉 내가 아이에게 물었어.

녀석은 그저 경계심 가득한 눈으로 날 쳐다볼 뿐이었어. 잠시 후, 연미복 차림의 호텔 직원 하나가 룸에 나타났어. 가정부가 그를 부르더군. 그러고 나서 직원은 내게 말했어.

〈지금 반장님이 뭘 원하시냐고 묻는데요…….〉

〈난 클라크 씨를 만나러 왔소.〉

〈클라크 씨는 여기 안 계십니다……. 저분 말로는 아래에 계신답니다.〉

〈고맙소…….〉」

자! 그게 다였다! 매그레는 테디 클라크를 한번 보고 싶었던 거고, 이렇게 그 아이를 본 것이다. 그는 상태 교도소의 감방에 갇혀 있을 프로스페르 동주를 생각하며 다시 계단을 내려왔다. 그렇게 자신도 모르는 사이에 댄스홀까지 내려온 그는 아직 치우지 않은 자기 맥주잔 앞에 다시 자리 잡고 앉았다.

그는 지금 자신이 잘 아는 어떤 정신 상태에 있었다. 일종의 선잠에 빠져 있는 것 같으면서도 주위에서 벌어지는 일들을 의식하고 있는, 하지만 그것들에 중요성을 부여하지도 않고, 사람들과 사물들을 시간이나 공간 가운데 위치시키려 하지도 않는 그런 상태였다.

이런 상태에서 그는 한 벨보이가 엘런 대로먼에게 다가가 무언가를 말하는 것을 보았다. 그녀는 일어나 한 전화 부스로 가서는 잠시 그 안에 머물렀다.

다시 나온 그녀는 눈으로 매그레를 찾았다. 그런 다음, 클라크에게로 가서는, 여전히 매그레 쪽으로 시선을 고정한 채로, 목소리를 낮추어 뭐라고 말했다.

그 순간, 매그레는 분명히 어떤 불쾌한 일이 터질 거라는 예감이 들었다. 동시에 이곳을 즉각 떠버리는 게 상책이라고 느꼈지만, 그는 그냥 앉아 있었다.

왜 그렇게 남아 있는 거냐고 물어봤다면, 설명하기가 쉽지 않았을 것이다. 직업적인 의무감 때문에 이렇게 남아 있는 건 아니었다. 자기 같은 사람과는 별로 어울리지 않는 장소인 이 댄스홀에 꾸물거리고 있어야 할 필요성은 전혀 없었다.

그렇지 않은가 말이다! 남아 있는 이유를 스스로도 설명할 수 없었을 것이다. 수사 판사는 그의 의견을 구하지도 않고 프로스페르 동주를 체포해 버리지 않았던가? 또 미국인에게는 관심 두지 말라고 경고하지 않았던가?

즉, 이렇게 말한 거나 마찬가지였다.

〈이 사람은 당신과는 사는 세계 자체가 다른 사람이오……. 당신은 그 사람을 이해할 수 없소……. 그러니 그냥 내게 맡기시오.〉

그리고 서민의 피가 뼛속까지 흐르는 매그레는 그를 둘러싸고 있는 이곳의 모든 것들에 대해 적대감을 느끼고 있지 않은가?

하지만 어쩔 수 없었다! 그는 남아 있었다! 이번에는 클라크가 눈으로 자기를 찾더니 미간을 찌푸리고는, 아마도 여자에게 그 자리에 앉아 있으라고 당부하는 듯 뭐라고 말한 다음, 의자에서 일어서는 게 보였다. 댄스 하나가 막 시작되었다. 핑크빛 조명에 이어 파란색 조명이 들어왔다. 미국 사내는 춤추는 커플들 사이를 요리조리 빠져서 반장에게로 오더니 그 앞에 떡 버티고 섰다.

영어를 한마디도 알아듣지 못하는 매그레로서는 그의 말이 여전히 이렇게밖에는 들리지 않았다.

〈웰 유 웰 위 위 웰……〉

하지만 이번에는 사뭇 험악한 어조였고, 클라크가 머리끝까지 화가 치밀어 있다는 게 느껴졌다.

「뭐라고요?」

그러자 상대방은 더욱 펄펄 뛰는 것이었다.

그날 저녁, 매그레 부인은 고개를 끄덕이며 이렇게 말했다.

「솔직히 말해요, 당신 일부러 그랬죠? 당신이 어떤 얼굴을 하고 있었을지는 안 봐도 뻔해요! 그런 당신 앞에선 천사라도 폭발하지 않을 수 없을 거예요……」

그는 인정하지는 않았지만, 그의 두 눈은 묘한 장난기로 반짝였다. 요컨대 그는 어떻게 했던가? 양복 윗도리 호주머니에 두 손을 찌른 채로 양키 앞에 떡 버티고 서서는, 마치 신기한 구경거리라도 대하듯 상대의 얼굴을 빤히 쳐다보았다.

왜, 그게 잘못된 건가? 그는 여전히 동주를 생각하고 있었다. 지금 감옥에 갇혀 있고, 이 아리땁기 그지없는 미스 엘런 대로먼과 춤을 추고 있지 못하는 그 불쌍한 동주를 말이다. 엘런 대로먼은 뭔가 일이 터지리라는 걸 직감했는지 그들에게로 다가왔다. 그녀가 도착하기 전, 머리 끝까지 화가 치민 클라크는 매그레의 얼굴에 주먹을 날렸다. 미국 영화에서 자주 나오는, 기계처럼 신속하고도 정확한 일격이었다.

옆 테이블에서 차를 들고 있던 두 여자는 비명을 지르며 일어났다. 커플들은 추던 춤을 중단했다.

클라크는 만족한 얼굴이었다. 그에게 있어서 이것은 너무도 명확한 상황이라서 더 이상 말을 덧붙일 필요조차 없다고 생각하는 모양이었다.

한편 매그레는 턱을 만지지도 않았다. 분명히 주먹이 턱을 강타하는 소리가 났음에도 불구하고, 반장의 얼굴은 마치 손가락으로 살짝 퉁긴 사람만큼이나 변화가 없었다.

사실 그는 사전에 구체적으로 계획한 바는 전혀 없었지만, 우연이 선사한 이 뜻밖의 수확에 극히 만족해하고 있었고, 수사 판사가 지을 표정을 생각하면서 자신도 모르게 미소까지 지었다.

「진정하세요……! 진정하세요……!」

반장이 당장에 반격하여 한바탕 주먹다짐이 벌어지리라 생각한 한 웨이터가 가운데 끼어들었다. 그리고 엘런은 한쪽 팔을, 어느 댄서는 다른 쪽 팔을 잡고 계속 지껄이는 클라크를 움직이지 못하게 하려 했다.

　「지금 뭐라고 하는 건가?」 매그레가 웅얼거리듯이 태연하게 물었다.

　「별 얘기 아닙니다……! 두 분, 제발 진정하시고…….」

　클라크는 여전히 지껄이고 있었다.

　「지금 뭐라고 하는 건가?」

　그리고 모두를 놀라게 한 일이 일어났다. 매그레가 호주머니에서 어떤 번쩍이는 물체를 꺼내더니 그걸 무심한 듯 만지작거리기 시작한 것이다. 아리따운 부인들은 말로는 들어봤지만 이렇게 가까이에서는 본 적이 없는 이 악명 높은 물건을 휘둥그레진 눈으로 쳐다봤다.

　「웨이터, 통역 좀 해주겠나……? 자, 난 공무 수행 중인 사법 경찰관에 대한 모욕죄로 당신을 체포하겠다고, 이 신사분에게 말해 주게……. 그리고 덧붙여서, 만일 당신이 순순히 날 따라올 생각이 없을 경우, 유감스럽지만 수갑을 채울 수밖에 없다고도 말해 주고…….」

　클라크 역시 눈 하나 꿈쩍하지 않았다. 그는 더 이상 아무 말도 하지 않고, 그의 팔을 잡고 따라오려 하는 엘런을 옆으로 밀쳤다. 그러고는 자기 모자도, 외투도 달라고 하지 않은 채로 반장의 뒤를 따랐다. 그렇게 호기심 많은 몇몇 사람을 뒤에 달고 로비 홀을 가로지르는 두 사람의 모습을 사무실에서 보게 된 지배인은 절망에 찬 두 팔을 하늘을 향해 번쩍 쳐들었다.

「택시! ……팔레 드 쥐스티스로!」

밤의 어둠이 깔려 있었다. 두 사람은 층계를 오르고 복도를 따라 걸은 다음, 보노 판사의 사무실 앞에 멈춰 섰다. 그 안에 들어간 매그레는 그의 아내가 익히 아는, 그리고 사람 속을 터지게 하는 그 짐짓 공손하면서도 미안해하는 듯한 태도로 이렇게 말했다.

「판사님, 죄송합니다……. 제가 대단히 유감스럽게도 여기 계신 클라크 씨를 부득이하게 체포하게 되었네요…….」

판사는 도무지 무슨 영문인지 알 수 없었다. 그는 매그레가 자기 부인과 야간 담당 수위를 죽인 살인범으로 이 미국인을 의심하고 있다고 추측했다.

「잠깐만요! 뭐라고요? 아니, 도대체 무슨 영장이 있다고 이런…….」

그러자 클라크가 뭐라고 말했지만, 매그레의 귀에 그 말은 일종의 의성어로밖에는 들리지 않았다.

「지금 뭐라고 하는 겁니까?」

불쌍한 판사! 그는 눈썹과 이마를 잔뜩 찌푸렸다. 왜

냐면 그의 영어 실력 역시 보잘것없기는 마찬가지여서, 미국인의 말을 알아듣는 데 애를 먹고 있었기 때문이다. 그는 뭐라고 더듬더듬 설명하더니만, 서기를 보내어 종종 통역을 해주곤 하는 다른 서기를 데려오게 했다.

「지금 뭐라고 하는 거요?」 매그레는 가끔 끼어들며 물었다.

그러자 클라크는 자꾸 튀어나오는 이 말에 벌컥 화를 내면서 두 주먹을 꽉 쥐고 반장을 흉내 내어 이렇게 외쳤다.

「*Qu'est-ce qu'elle dit? Qu'est-ce qu'elle dit?* (지금 뭐라고 하는 거요? 지금 뭐라고 하는 거요?)」

그러고 나서는 다시 자기네 말로 뭐라고 장광설을 쏟아 내는 것이었다.

통역이 쪼르르 방으로 들어왔다. 작달막하고 수줍은 대머리 사내였는데, 얼마나 공손하게 자신을 낮추는지 상대방이 당황스러울 정도였다.

「이분은 말씀하시길, 자신은 미국 시민이며, 도저히 용납할 수 없는 것은 경찰들이……」

어조로 미루어 짐작하건대, 클라크는 경찰에 몸담고 있는 사람들을 발톱의 때만큼도 여기지 않는 듯했다.

「……경찰들이 끊임없이 자신을 쫓아다닌다는 것입니다……. 또 주장하시기를, 어떤 형사 한 명이 자기 뒤를 계속 따라다녔다고……」

「사실이오, 반장?」

「아마 맞을 겁니다, 판사님!」

「……또 주장하시기를, 또 다른 형사가 미스 엘런을 미행했다고…….」

「네! 그랬을 가능성이 매우 크지요…….」

「……그리고 이분이 없을 때 반장님께서 이분 스위트룸에 난입하셨다고…….」

「저는 아주 정중하게 노크를 했고, 안에 계셨던 존경할 만한 숙녀분에게 제가 혹시 클라크 씨를 뵈러 들어가도 되겠냐고 세상에서 가장 정중하게 물어봤습니다……. 그러고 나서는 맥주 한잔 마시러 댄스홀에 내려갔지요……. 그런데 여기 계신 이 신사분께서 제 턱에다 주먹을 날리는 게 적절하다고 판단하시어…….」

보노 판사는 참담한 심정이 되었다. 그렇잖아도 충분히 골치 아픈 사건이 아니었던가? 지금까지는 그럭저럭 언론의 이목을 끌지 않고 지내왔는데, 저렇게 티 살롱에서 대판 싸움을 벌여 놨으니 이제 기자들이 벌 떼처럼 팔레 드 쥐스티스와 수사국으로 몰려들 게 뻔했다.

「반장, 난 도무지 이해하지 못하겠소……. 경력이 25년이나 되는 당신 같은 사람이…….」

하마터면 그는 폭발할 뻔했다. 왜냐면 매그레가 사람 말은 듣지 않고 호주머니에서 꺼낸 종잇장 하나를 장난

치듯 만지작거리고 있었기 때문이다. 그것은 푸르스름한 종이에 써진 편지였다.

「물론 클라크 씨가 약간 지나친 행동을 했던 것은 사실이오……. 아무리 그렇다고는 해도, 반장은 그런 상황에서 우리가 당신에게 기대하는 요령 있는 처신을 보여 주지 못…….」

빙고! 매그레는 흐뭇해진 표정을 숨기기 위해 고개를 슬그머니 돌려야만 했다. 마침내 클라크가 그 종이를 발견하고는 최면에 걸린 듯 멍해져 버린 것이다. 이윽고 그는 다가오더니 손을 내밀었다.

「*Please*(이리 주십시오)*!*」

매그레는 짐짓 놀라는 척하면서 들고 있던 종이를 미국인에게 건넸다. 갈수록 뭐가 뭔지 모르겠는 판사는 지금 반장이 뭔가 수작을 부리고 있는 것이라는 — 근거가 전혀 없지만은 않은 — 의심에 사로잡혔다.

결국 클라크는 통역에게 다가가 편지를 내밀고는 뭐라고 빠르게 지껄여 댔다.

「지금 뭐라고 하는 거요?」

「이분은 주장하시기를, 자기는 자기 아내의 필적을 알고 있는바, 어떻게 해서 반장님이 그녀의 편지를 갖게 되었는지 묻고 싶으시다는데요…….」

「매그레 씨, 이게 대체 무슨 일이오?」 보노 판사가 엄하게 물었다.

「아, 판사님, 이거 죄송하게 됐네요……. 이건 제가 갓 입수한 자료인데…… 사실은 내용을 판사님께 알려 드리고 사건 파일에 첨부하려 했던 건데 말입니다……. 이거 유감스럽게도, 말씀도 드리기 전에 이렇게 클라크 씨께서 가져가 버리셔서…….」

그러자 클라크가 통역에게 뭐라고 말했다.

「지금 뭐라고 하는 거요?」 매그레에게 전염된 판사가 이렇게 물었다.

「저한테 이 편지 내용을 번역해 달라고 부탁하시는데요……. 또 말하시기를, 만일 자기 아내의 물건을 함부로 뒤졌다는 사실이 확인될 경우, 자기는 미국 대사관에 호소할 것이며, 또한…….」

「번역해 보시오…….」

그러자 매그레는 자신도 모르게 긴장되는 걸 느끼며 파이프에 담배를 다져 넣기 시작했다. 그러면서 축축한 후광에 감싸인 별들처럼 반짝이는 가스등들이 보이는 창가로 다가갔다.

불쌍한 통역은 대머리가 땀으로 흥건히 젖어서는 미미가 친구 지지에게 보낸 편지를 한 줄 한 줄 번역하기 시작했다. 그리고 편지 내용에 너무나도 경악한 나머지, 이걸 계속 읽어 나가도 되나, 하고 매 순간 자문하곤 했다. 판사도 그의 어깨너머로 읽어 보려고 다가왔으나, 클라크는 그 어느 때보다도 단호한 표정으로 비키라고 손을 내저으며 내뱉었다.

「Please(제발)!」

그것은 자기 소유물을 지키는 사람의 모습, 혹시 편지를 도로 가져가거나 그걸 없애 버리려 할지 몰라, 혹은 번역하면서 한 줄이라도 빠뜨릴지 몰라 철저히 감시하는 사람의 모습이었다. 그는 한 단어 한 단어 일일이 손가락으로 가리키며 그 정확한 의미를 물어보곤 했다.

완전히 절망한 보노 판사는 파이프를 뻐끔대며 짐짓 무관심한 얼굴을 하고 있는 매그레 곁으로 왔다.

「반장, 일부러 이렇게 한 거요?」

「클라크 씨가 얼굴에 주먹을 날릴지 내가 어떻게 예상할 수 있었겠습니까?」

「이 편지가 모든 걸 설명해 주고 있구먼!」

「네, 아주 뻔뻔스럽게요!」

세상에! 그렇다면 이 판사는 프로스페르 동주가 범인이라는 확신도 없이 그를 감옥에 처넣었다는 얘기였다! 또 샤를로트든, 지지든, 그쪽 바닥의 친구들이라면 누구든 똑같이 처넣을 준비가 되어 있는 것이다!

통역과 클라크는 선 채로, 갓등이 빛의 원을 그리고 있는 탁자 위로 몸을 굽히고 있었다.

마침내 클라크는 몸을 바로 세웠다. 그러고는 탁자 위를 주먹으로 쾅 치면서 으르렁거리듯 내뱉었다.

「Damned(제기랄)!」

그가 보인 반응은 예상과는 많이 달랐다. 그는 난리를 치지 않았다. 하지만 아무도 쳐다보지 않았다. 표정은 돌처럼 굳어졌고, 시선은 고정되었다. 그렇게 그는 한동안 꼼짝 않고 서 있었고, 그 옆에서 통역은 마치 자신이 죄인이기라도 한 양 어쩔 줄 몰라 했다. 마침내 몸을 돌려 한쪽 구석에서 의자를 발견한 클라크는 거기로 가서 앉았다. 그 동작이 얼마나 조용하고도 단순했던지, 그 단순함 자체가 무언가 비극적으로 느껴질 정도였다.

매그레는 그를 멀리서 지켜보고 있었지만, 클라크의 윗입술 위쪽에 맺히는 땀방울 하나하나가 다 보이는 것 같았다.

이때의 클라크는 어떤 권투 선수를 생각나게 했다. 결정타를 얻어맞은 뒤 관성의 힘으로 아직은 버티고 서 있지만, 완전히 고꾸라지기 전에 무언가 기댈 것을 본능적으로 찾고 있는 권투 선수…….

판사의 사무실에는 완전한 정적이 지배하는 가운데, 근처의 어느 방에서 두드리는 타자기 소리만이 울렸다.

클라크는 움직이지 않았다. 방 한쪽 구석에서, 두 팔꿈치를 무릎에 괴고 두 손으로는 턱을 감싼 채로, 네모진

코의 구두를 신은 자신의 두 발을 뚫어지게 내려다보고 있었다.

얼마나 지났을까……? 그가 웅얼거리는 소리가 들렸다.

「웰…… 웰……」

매그레는 아주 낮은 소리로 통역에게 물었다.

「지금 뭐라고 하는 거요?」

「좋아…… 좋아…….」

판사는 짐짓 서류를 검토하는 시늉을 했다. 매그레의 파이프 연기는 천천히 공중으로 올라가는데, 대부분 길게 늘어나며 갓등의 광원을 향해 올라가고 있었다.

「웰……」

아주 멀리서 오는 소리처럼 느껴졌다. 이 순간 그가 무슨 생각을 하고 있는지는 오직 신만이 알리라. 이윽고 그가 몸을 움직였다. 그가 무엇을 할 것인지, 모두가 궁금했다. 그는 호주머니에서 묵직한 금제 담배 케이스를 꺼내어, 그걸 열고 담배 한 개비를 빼낸 후 탁 소리가 나게 닫았다. 그런 다음, 통역에게 몸을 돌리고는,

「Please(부탁합니다)...」

성냥을 원하는 모양이었다. 통역은 흡연자가 아니었다. 대신 반장이 자신의 성냥갑을 내밀자, 그는 그걸 받으면서 눈을 들어 반장을 한동안 지긋이 쳐다보는데, 그 시선에는 실로 많은 것이 담겨 있었다.

그가 다시 일어섰을 때, 속이 텅 비어 버린 사람처럼 몸이 약간 흔들거리는 것 같았다. 하지만 여전히 침착했다. 얼굴은 다시 냉정한 표정으로 돌아와 있었다. 그는 뭐라고 질문을 했다. 판사는 매그레가 대답하기를 기다리는 듯, 그에게로 눈을 돌렸다.

「이 편지를 자기가 가져도 되냐고 물으시는데요?」

「먼저 사진을 한 장 찍어 놓는 게 좋겠소. 몇 분이면 될 겁니다. 위층의 감식반에 가져다주기만 하면 되니까.」

이 말이 통역됐다. 클라크는 이해한 듯 정중히 고개를 한 번 숙인 뒤, 종이를 서기에게 내밀어 가져가게 했다. 그리고 나서 또 뭐라고 말하기 시작했다. 하지만 한마디도 알아들을 수 없으니 정말 짜증 나는 일이 아닐 수 없었다. 한 번 얘기할 때마다 한없이 길게 느껴졌고, 속에서는 이런 질문이 끊임없이 고개를 쳐들었다.

「지금 뭐라고 하는 거요?」

「무엇보다도 먼저 자신의 솔리시터를 만나 봐야겠답니다. 왜냐면 이런 사실을 알게 될 줄은 전혀 예상 못 했고, 또 이로 인해 상황이 완전히 바뀌었기 때문에……」

왜 이 순간 매그레는 뭔가 뭉클한 것을 느꼈던 것일까? 사흘 전에는 엘런 대로먼과 함께 회전목마를 타러 갔고, 조금 전만 해도 푸르스름한 조명 속에서 탱고를 추던 이 활기찬 거한은 자신이 반장에게 가했던 것보다 훨씬 강력한 한 방을 제대로 얻어맞은 것이다……. 그런데 그는 반장과 마찬가지로 꿈쩍도 하지 않았다. 그저 욕설 한마디 내뱉고, 주먹으로 탁자를 한 번 치고, 몇 분 동안 침묵에 잠겨 있었던 게 다였다…….

「웰…… 웰…….」

서로 말이 통하지 않는 게 참으로 유감이었다! 기꺼이 그와 대화라도 한번 해보고 싶었다.

「지금 뭐라고 하는 거요?」

「이제부터는 살인범을 찾아내는 경찰관에게 자기가 천 달러의 보상금을 내놓겠답니다.」

통역이 이뤄지고 있는 동안, 클라크는 마치 이렇게 말하고 싶은 듯이 매그레를 빤히 쳐다보고 있었다.

〈보시다시피 나 그렇게 치사한 인간 아니오.〉

「그럼 이렇게 대답해 주시오. 만일 우리가 그 천 달러를 받게 되면, 경찰 부속 고아원에 전액 기부하겠다고…….」

기묘한 일이었다. 이제 두 사람은 누가 더 정중한지를 경쟁하고 있는 것 같았다. 클라크는 통역이 하는 말을 듣더니, 다시 깍듯이 고개를 숙였다.

「웰…….」

그런 다음 다시 말하기 시작하는데, 이번에는 거의 사업가 같은 어조였다.

「이분 생각으로는 — 물론 자기 솔리시터를 만나기 전

에는 아무것도 하지 않을 터이지만 ─ 자신과 그 사람이…… 다시 말해서 프로스페르 동주가 한번 만나는 게 필요하지 않겠느냐고…… 이분은 묻기를, 그를 만나는 걸 경찰이 허가해 줄 수 있는지, 그리고……」

이번에는 수사 판사가 더없이 엄숙한 표정으로 고개를 끄덕였다. 이런 식으로 1분만 더 계속된다면 서로에게 칭찬이라도 퍼부을 분위기였다.

「먼저, 말씀하시죠……」

「아니, 그쪽에서 먼저……」

「아닙니다, 정말로!」

결국 클라크는 매그레 쪽으로 자주 시선을 돌리며 뭐라고 질문을 했다.

「……그리고 자기가 주먹을 휘두른 일에는 어떤 결과가 따를 것인지, 반장님께 물으시는데요……. 자신은 이런 행위가 프랑스에서 가져오게 될 결과들에 대해서는 깊이 생각해 보지 않았던바, 왜냐면 자기 나라에서는……」

「이렇게 말씀해 주시오. 난 이분이 말씀하시는 일에 대해선 전혀 기억이 없노라고……」

판사는 문 쪽을 불안스레 흘깃거렸다. 일이 너무 잘 돌아가고 있었다! 그는 또 어떤 사건이라도 터져서 이 너무도 귀중한 조화 상태가 깨어지지나 않을까 두려웠던 것이다. 아, 그놈의 편지를 빨리 좀 가져왔으면……

침묵. 그들은 기다리고 있었다. 더 이상 할 말이 없었던 것이다. 클라크는 매그레에게 손짓으로 성냥을 부탁한 뒤, 다시 담배 한 개비를 피워 물었다.

드디어 서기가 그 끔찍한 파란 종이 쪼가리를 들고 돌아왔다.

「판사님, 됐습니다……. 이걸 드려도……?」

「그래요, 그 편지를 클라크 씨에게 드리세요.」

그 편지를 조심스레 지갑에 넣어서는 다시 재킷 안주머니에 넣은 클라크는 자신이 모자를 안 쓰고 왔다는 사실을 잊어버리고 의자들 위를 눈으로 훑었다. 결국 기억이 난 그는 기계적으로 미소를 지으며 모두에게 작별 인사를 던졌다.

문이 닫히고 통역까지 떠나고 나자, 보노 판사는 두어 번 헛기침을 한 다음, 자신의 책상을 에돌아가서는 이제 어떻게 처리해야 할지 알 수 없는 서류를 집어 들었다.

「흠…… 그래, 반장, 이게 당신이 원하던 바였소?」

「판사님은 어떻게 생각하시죠?」

「질문한 건 나였던 것 같은데……?」

「아, 죄송합니다…… 물론 그렇죠……! 그런데 말이죠, 클라크 씨는 곧 재혼을 하시게 될 것 같습니다……. 그리고 그 아이는 결국은 동주의 아들이고 말이죠…….」

「그렇지! 하지만 지금 그 친구는 감옥에 갇혀 있고,

또…….」

「……네, 물론 여러 가지 혐의를 받고 있죠!」 매그레가 한숨을 쉬었다. 「하지만 꼬마는 어쨌든 그의 아들이란 말입니다! 그러니 내가 어떻게 해야 하겠습니까?」

그 역시 모자를 마제스틱 호텔에 벗어 놓고 온 줄도 모르고 한동안 찾았다. 그러고는 팔레 드 쥐스티스를 맨머리로 나오는 게 영 어색하게 느껴졌기 때문에, 리샤르르 누아르가에 있는 집에 가기 위해서는 택시를 이용하지 않을 수 없었다.

클라크에게 얻어맞은 턱에는 이제 시퍼런 멍이 들어 있었고, 집에 들어서자마자 매그레 부인이 그걸 발견했다.

「에이그, 또 싸우셨군……!」 그녀는 상을 차리면서 혀를 찼다. 「그리고 물론 모자도 날아 가셨고! 이번에는 또 어디에요?」

하지만 그는 만족한 얼굴이었고, 자신의 은제 냅킨 고리에서 냅킨을 꺼낼 때는 큼직한 미소까지 머금었다.

8
매그레가 선잠이 들었을 때

이곳 또한 그리 나쁘지 않았다. 자기 책상 앞에 편안히 자리 잡고 앉은 매그레의 등 뒤에선 난로가 웅웅대고 있었고, 왼쪽에는 모슬린 천 같은 아침 안개에 덮인 창문이 있었으며, 앞쪽의 루이 필리프풍의 검은 대리석 벽난로 위에는 20년 전부터 정오를 가리키며 멈춰 서 있는 괘종시계가 보였다. 벽에 걸린 검정과 금색이 어울린 액자 속에는 실크해트와 프록코트 차림에, 어마어마한 콧수염 혹은 뾰족한 턱수염을 기른 신사들이 함께 찍은 사진이 들어 있었다. 경찰서 사무직원 협회의 단체 사진으로, 매그레가 스물네 살이었던 시절의 유물이었다!

책상 위에는 파이프 네 개가 크기순으로 가지런히 정리되어 있었고,

미국의 한 억만장자 여인이

마제스틱 호텔 지하실에서 목 졸려 사망.

이런 제목이 어제 나온 한 석간신문의 1면을 장식하고 있었다. 물론 기자들의 눈으로는 미국 사람은 무조건 억만장자였다. 매그레를 더욱 미소 짓게 하는 것이 있었으니, 그것은 외투와 중산모 차림으로 잇새에 파이프를 물고, 잘 보이지 않는 무언가 위로 고개를 숙이고 있는 매그레 자신의 사진이었다.

희생자의 시신을 검사 중인 매그레 반장.

그런데 이것은 1년 전의 사진이었다. 1년 전 불로뉴 숲에서 권총을 맞고 살해된 한 러시아인의 시신을, 그들 말마따나, 검사하고 있는 그의 모습이었던 것이다.

더 중요한 자료는 누런 마닐라지 서류철 안에 들어 있었다.

릴에서 출생한 24세의 에드가르 파고네, 일명 에우세비오 푸알데스 혹은 세비오 씨에 대한 토랑스 형사의 조사 보고서.

르쾨르 공장의 작업반장을 지냈으며, 지금으로부터 3년 전에 작고한 알베르 장마리 파고네의 아들.

어머니는 상기인의 배우자인 54세의 잔 알베르틴 옥타비오부아, 무직.

이하의 정보들은 에드가르 파고네가 그의 어머니, 누이와 함께 거주하는 콜랭쿠르가 57번지 건물의 관리인, 이웃들, 동네 상인들, 혹은 우리가 전화로 접촉한 릴의 가스 공장 구역의 파출소 등을 통해 수집한 것이다.

또한 우리는 메제브 근처 슈발레 결핵 요양원도 전화로 접촉했으며, 카퓌신가의 앵페리아 영화관 지배인도 개인적으로 면담했다.

차후 확인이 필요하겠지만, 우리가 판단하기에 이하의 정보들은 정확한 것으로 보인다.

파고네 가족은 릴에서 품위 있는 생활을 영위했으며, 가스 공장 근처 신(新) 주택 단지의 한 2층 가옥에 거주했다. 부모의 야심은 에드가르 파고네를 계속 공부시키는 것이었고, 실제로 그는 열한 살 때 고등학교에 들어갔다.

하지만 곧 1년 동안 학교를 떠나 올레롱섬의 결핵 예방 의료원에서 지내야 했다. 건강이 회복된 듯하여 학업을 재개했으나, 선천적인 허약 체질 탓으로 학업이 끊임없이 중단되곤 했다.

17세가 되었을 때, 그는 고지대에 보내는 게 필요하다는 판단에 따라 메제브 근처의 슈발레 결핵 요양원에서 4년을 보내게 된다.

매우 예쁘장한 용모여서 여성 환자들 사이에 인기가 높았던 이 파고네를 슈발레 박사는 잘 기억하고 있다. 거기서 그는 몇 차례 염문을 뿌린다. 또 거기서 완벽한 댄서가 되는데, 왜냐면 그 시설은 규정이 매우 느슨한데다, 환자들이 쾌락을 탐닉하는 경향이 있었기 때문이다.

징병 신체검사에서 불합격 판정을 받아, 병역에서 완전히 면제된다.

21세 때 릴로 돌아온 파고네는, 오자마자 아버지의 임종을 지켜보게 된다. 아버지는 유산으로 약간의 예금을 남겼으나, 가족을 부양하기엔 충분치 않은 금액이었다.

파고네의 누이동생 에밀리는 현재 19세로, 일종의 골질환을 앓고 있어 거의 장애인이나 다름없다. 게다가 지능도 평균 이하이기 때문에 끊임없는 보살핌이 필요한 상태이다.

이 무렵 에드가르 파고네는 처음에는 릴에서, 그다음에는 루베에서 안정된 직장을 얻으려 상당히 노력했던 듯하다. 불행히도 중단된 학력 탓에 일이 여의치 않았다. 또 병이 완치됐기는 했지만, 허약한 체질 때문에 육체노동을 할 수도 없는 처지였다.

이에 그는 파리로 올라갔고, 몇 주 후에는 앵페리아 영화관의 하늘색 좌석 안내인 제복을 입게 된다. 좌석 안내인으로 여성 대신 고학생을 포함한 젊은 남성들을 고용한 최초의 영화관이 바로 이 앵페리아 극장이었다.

당사자들이 입을 여는 걸 꺼리기 때문에 정확한 정보를 얻기는 힘들지만, 이 청년들 중 상당수는 제복이 주는 매력에 힘입어 앵페리아에서 〈짭짤한〉 애인들을 만들곤 했다.

토랑스는 〈짭짤한〉이라는 단어를 특별히 강조해 놓아야 한다고 느꼈던 듯 빨간 잉크로 써놓았고, 그것을 본 매그레는 빙그레 웃지 않을 수 없었다.

어쨌거나 남미풍의 외모 때문에 친구들로부터 세비오라는 별명으로 불리기 시작하고 있던 파고네가 가장 먼저 한 일은 어머니와 누이를 파리로 올라오게 하여, 콜랭쿠르가의 방 세 칸짜리 아파트에 살게 한 거였다.

건물 관리인이나 이웃 사람들은 그를 효성이 지극한 청년으로 여기고 있으며, 아침에 동네에서 장을 봐 오는 일도 대부분 그가 한다고 한다.

그러다가 1년 전, 그는 마제스틱 호텔의 티 살롱에서 전문 댄서를 한 명 모집한다는 소식을 앵페리아 영화관 동료들을 통해 듣게 되었다. 그는 지원했고, 며칠간의 시험 기간을 거친 후 정식 채용되었다.

이때부터 그는 에우세비오 푸알데스라는 이름을 사용했으며, 호텔 경영진은 그에 대해선 아무런 불만이 없다고 한다.

호텔 직원들의 의견에 따르면, 그는 소심하고도 감상적인 편이며, 수줍음도 많이 타는 성격이라고 한다. 어떤 이들은 그는 한마디로 소녀라고 말하기까지 한다.

말수가 별로 없고, 건강이 악화될 소지가 있기 때문에 체력을 아끼는 편이다. 지하실에 내려가 침대에 누워 있어야 했던 적이 수차례 있었고, 특별한 이브닝 파티 때문에 밤늦게까지 호텔에 붙잡혀 있을 때는 특히 그랬다.

모든 사람과 사이좋게 지내는 편이지만 친구는 없으며, 속내를 털어놓는 일도 거의 없다.

월수입은 팁을 합쳐서 대략 2천에서 2천5백 프랑 정도로 추산된다.

이는 콜랭쿠르가에 있는 집의 씀씀이와 거의 일치하는 액수이다.

에드가르 파고네는 술을 안 하고, 담배는 거의 피우지 않으며, 마약에는 손도 대지 않는다. 건강이 좋지 않으니 어쩔 수 없는 것이리라.

그의 어머니는 작달막한 체구에 원기 왕성한 북부 지방 여인이다. 그녀는 자신도 일하고 싶다는 뜻을 여러 차례 — 특히 여자 관리인에게 — 피력한 바 있지만, 딸을 보살펴야 하는 처지가 항상 발목을 잡았다.

우리는 파고네가 코트다쥐르 지방에 체류한 적이 있는지 알아내려 해보았지만, 이에 대해서는 자세한 정보를 얻을 수 없었다. 어떤 이들 말로는 3~4년 전에, 다시 말해서 그가 아직 앵페리아에 있을 때, 어느 정도 나이가 있는 한 부인과 거기서 며칠을 보냈다고 한다. 하지만 이것은 사실로 받아들이기엔 너무도 불확실한 정보이다.

매그레는 제3번 파이프에 천천히 담배를 다져 넣고 난로에도 석탄을 넣은 다음, 창가로 가서 창백한 아침 해에 금빛으로 물들기 시작하는 센강에 눈길을 한 번 던졌다. 그리고 다시 돌아와서는 만족의 한숨을 후우 발하며 다시 안락의자에 몸을 묻었다.

들랑브르가 14번지(파리 14구)의 가구 딸린 아파트에 거주하는 48세의 장 오스카르 알드베르 라뮈엘에 대한 뤼카 형사의 조사 보고서.

라뮈엘은 니스에서 태어났다. 아버지는 지금은 작고한 프랑스인이고, 어머니는 이탈리아인인데, 현재 종적이 묘한 상태인바, 아마도 오래전에 본국으로 돌아간 것으로 보인다. 라뮈엘의 아버지는 청과물 운송업자였다.

장 라뮈엘은 18세에 파리 중앙 시장의 한 도매상의 점원으로 들어갔으나, 이 도매상이 10년 전에 사망한 탓으로 이에 대해 자세한 정보는 얻을 수 없었다.

19세 때, 자원입대한다. 24세 때 특무 상사로 제대한 그는 한 장외 주식 중개인 밑으로 들어갔다가, 곧바로 그만두고 이 집트에 소재한 한 제당소의 경리 보조로 일하게 된다.

거기서 3년을 보낸 후 프랑스에 돌아와서는 파리의 상사(商社) 구역에서 다양한 일들을 했고, 증권가도 기웃거려 보았다.

32세가 돼서는 한 영국 – 프랑스 합작 광산 회사를 위해 일 하러 에콰도르 공화국 과야킬행 배에 몸을 실었다. 난마(亂麻) 처럼 얽혀 버린 회계 장부를 정리하는 것이 그가 맡은 임무 였다.

이렇게 그는 6년 동안 해외에 나가 있었다. 거기서 그는 마리 들리자르를 알게 되는데, 신상 정보를 거의 구할 수 없는 이 여인은 중남미 지역에서 그다지 자랑스럽지 못한 업종에 종사해 왔던 것으로 보인다.

그는 그녀와 함께 귀국한다. 이 회사 본부가 지금은 런던 으로 이전된 탓으로 이 해외 출장 시기에 대한 자세한 정보는 확보하지 못한 상태이다.

귀국한 커플은 툴롱, 카시스, 마르세유 등지에서 한동안 여유 있는 생활을 했다. 라뮈엘은 토지나 별장 등을 매매하여 한몫 잡으려 했으나 별다른 소득이 없었다.

정식 혼인 관계가 아님에도 불구하고 그가 〈라뮈엘 부인〉으로 소개하는 마리 들리자르는 공공장소에서도 주저 없이 소란을 피울 뿐 아니라, 그렇게 사람들의 이목을 끄는 데서 오히려 묘한 쾌감을 느끼는 요란스럽고도 천박한 여인이다.

그들은 수없이 부부 싸움을 벌인다. 때로는 라뮈엘이 며칠간 집을 나가 있기도 하는데, 결국 이기는 사람은 항상 그녀이다.

이 라뮈엘과 마리 들리자르는 파리로 거처를 옮긴다. 들랑브르가의 가구 딸린 아파트로 침실, 주방, 욕실, 현관 홀 등이 하나씩 갖춰진 월세 8백 프랑의 매우 안락한 공간이다.

라뮈엘은 코마르탱가 소재, 아툼 은행에 회계사로 들어간다. (이 은행은 지금은 파산했지만, 은행장이었던 아툼 본인은 생페르가에 직원 명의로 카펫 전문 상사를 설립하여 활동 중이다.)

아툼이 파산하기 전에 은행을 나온 라뮈엘은 곧이어 마제스틱 호텔이 낸 구인 광고에 회계 장부 담당자 자격으로 지원한다.

이렇게 해서 그는 3년 전부터 거기서 근무해 왔다. 호텔 측에서는 그에 대해 별다른 불만이 없다. 업무에 있어서 지나치게 엄격해서 직원들이 별로 좋아하지 않는 편이다.

그는 동거녀와 싸운 후 며칠씩 지하실 임시 침대에서 자면서 호텔에서 지낸 적이 한두 번이 아니라고 한다. 그럴 때면 거의 매번 집에서 전화가 계속 걸려 오고, 때로는 여자가 직접 지하실로 쳐들어오기도 한다는 것이다.

그럴 때면 그의 얼굴은 사색이 되며, 그 광경은 직원들의 웃음거리가 되곤 한다고.

특기할 점은 어제 장 라뮈엘이 들랑브르가의 부부 생활로 복귀했다는 사실이다.

약 15분 후, 늙은 수사국 수위가 매그레의 사무실 문을 조그맣게 두드렸다. 대답이 없자 그는 문을 살며시 열고는 까치발로 살금살금 걸어 들어왔다.

조끼 단추는 다 끄르고, 입에 문 파이프는 불이 꺼진 채로 안락의자에 벌렁 누워 널브러진 자세인 매그레는 잠들어 있는 것처럼 보였다.

수위가 자신의 존재를 알리고자 헛기침을 해보려 하는데, 매그레가 눈을 뜨지 않은 채로 웅얼거렸다.

「누구요?」

「어떤 신사분께서 반장님을 뵙고 싶다는데요……. 여기 그분 명함이 있습니다.」

매그레는 아직도 선잠을 떨쳐 버리기를 망설이는 모양으로, 눈을 감은 채로 손만 삐죽 내밀었다. 결국 그는 한숨을 쉬고 명함을 자기 옆에 내려놓은 뒤, 곧바로 수화기를 집어 들었다.

「그분을 들어오게 할까요?」

「조금 있다가…….」

그가 보는 둥 마는 둥 던져 놓은 명함에는 이렇게 적혀 있었다. 〈크레디 리요네 은행, O 지점 부지점장, 에티엔

졸리베.〉

「여보세요……! 나 매그레인데, 보노 수사 판사님에게 말씀 좀 전해 주겠소? 클라크 씨의 솔리시터의 이름과 주소를 좀 알려 달라고……. 네,〈솔리시터〉…… 맞아요, 그렇게 발음해요……. 그러고 나서 그 솔리시터를 나하고 연결 좀 해줘요……. 급한 일이오…….」

줄무늬 바지, 가장자리 장식이 있는 검정 재킷, 그리고 콘크리트만큼이나 뻣뻣하게 느껴지는 실크해트 등으로 말쑥하게 차려입은 졸리베 씨는 우중충한 수사국 대기실의 의자 끝에 엉덩이만 걸친 매우 품위 있는 자세를 유지하면서 15분이 넘게 앉아 있었다. 그와 같이 있는 사람은 두 명으로, 하나는 몹시 험상궂은 인상의 청년이었고, 다른 하나는 걸걸한 목소리로 자신의 사연을 늘어놓고 있는 매춘부였다.

「……무엇보다도 말이야, 어떻게 내가 그 인간 모르는 사이에 지갑을 빼낼 수 있었겠냐고……? 그 시골뜨기들은 다 똑같아……. 자기들이 파리에서 돈을 어떻게 퍼 썼는지 마누라에게 털어놓을 용기가 없으니까, 그걸 도둑맞았다고 둘러대는 거지……. 다행히 풍기 단속국 반장님이 날 알고 있었기에 망정이지……. 내가 훔치지 않았다는 증거는…….」

「여보세요……! 허버트 데이비드슨 씨이신가요……?

안녕하세요, 허버트 데이비드슨 씨, 전 매그레 반장입니다……. 네…… 어제 전 당신의 고객이신 클라크 씨를 만나 뵐 수 있었습니다……. 아주 친절하신 분이더군요……. 뭐라고요……? 오, 천만에요! 천만에요……! 괜찮습니다! 전 그런 일은 전혀 기억하지 않아요……. 제가 이렇게 전화 드린 건 클라크 씨께서 가능한 범위 내에서 우릴 도와줄 용의가 있으신 것처럼 보였기 때문에…… 아, 마침 거기 계시다고요? 그럼 이렇게 좀 물어봐 주시겠습니까……? 여보세요……! 그분이 사는 세계에서는, 특히 미국에서는 부부간에도 각자의 삶이 있다는 건, 저도 잘 알고 있습니다만…… 아무리 그렇다곤 해도 클라크 씨의 눈에 띈 부분이 있지 않았겠느냐……. 여보세요, 내 말 끊지 말아요…… 잠깐, 데이비드슨 씨, 내가 다 말한 후에 통역해 달라고요……. 지금까지 확인된 바로는 지난 몇 해 동안 미시즈 클라크는 파리에서 편지를 최소한 세 통 받은 걸로 되어 있는데…… 전 클라크 씨가 그 편지들을 본 적이 있는지 알고 싶고요…… 또 특별히 알고 싶은 것은, 미시즈 클라크가 그런 편지들을 더 많이 받은 것은 아니었는지, 입니다……. 네, 기다릴게요……. 고맙습니다.」

이어 수화기 저편에서 웅얼거리는 소리들이 들려왔다.

「여보세요……! 뭐라고요……? 클라크 씨는 편지들을 열어 보지 않았다고요……? 그 안에 뭐가 들어 있는지 아내에게 물어보지도 않았다고요……! 아, 물론 그렇겠죠……! 미국식 사고방식으론 당연히…….」

그는 편지들을 받으면서 자기에게 아무 말도 하지 않는 매그레 부인의 모습을 한번 보고 싶었다!

「석 달에 한 통꼴로 왔다고요……? 필적도 항상 똑같았고……? 네…… 파리 소인이 찍혀 있었고……? 잠깐, 데이비드슨 씨!」

그는 형사들이 쓰는 사무실로 가서 문을 왈칵 열었다. 그 안이 불난 호떡집처럼 시끄러웠던 것이다.

「어이들! 조용히 좀 하라고!」

그러고는 다시 돌아와서,

「여보세요……! 네? 상당한 금액들을……? 데이비드슨 씨, 수고스럽겠지만 이 진술 내용을 서면으로 정리해서 수사 판사님에게 제출해 주시겠습니까……? 아뇨, 아직은 아무것도 모르겠어요……. 미안합니다…… 정말이지 신문들이 그걸 어떻게 알아냈는지 모르겠는데요, 맹세컨대 전 그 일과 아무 상관 없어요……. 오늘 아침만 해도, 신문 기자 넷과 사진 기자 둘이서 수사국 복도에서 날 기다리고 있기에 내가 쫓아 버렸다고요……. 자, 클라크 씨에게 안부나 전해 주세요…….」

그는 미간을 찌푸렸다. 조금 아까 형사들 사무실 문을 열었을 때 그들이 있는 것 같지 않았던가……? 다시 문을 열어 보니 아니나 다를까, 기자 하나가 사진 기자 하나와 책상에 걸터앉아 있는 게 보였다.

「여보쇼, 젊은 친구! 내가 방금 너무 크게 얘기해서 당신이 다 들었을 것 같은데…… 만일 내가 얘기한 내용 중에서 단 한마디라도 당신네 지라시에 나타난다면, 앞으로 당신에겐 정보를 모두 끊어 버릴 거야, 알겠소?」

하지만 자기 책상 뒤로 돌아와 수위를 부르는 벨을 누르는 그의 입가엔 엷은 미소가 감돌고 있었다.

「아까 그 신사분…… 그러니까, 졸리베 씨를 들어오게 해요.」

「안녕하세요, 반장님. 이렇게 불쑥 찾아뵈서 죄송합니다. 하지만 이렇게 하는 게 좋을 것 같아서……. 사실은 제가 어제저녁에 신문을 읽다가…….」

「자, 거기 앉으세요.」

「또 고백드리는데, 제가 이렇게 찾아뵌 것은 저 혼자 결정한 게 아니라, 오늘 아침 일찍 통화한 은행장님과의 합의를 통한 거였습니다……. 제가 이 프로스페르 동주라는 이름을 보고 놀란 것은, 이 이름이 최근에 제 눈에 띈 적이 있었기 때문이에요……. 사실은 O 지점에서 제가 수표들에 승인 압인을 찍고 있습니다. 물론 기계적인 작업에 불과하지요. 먼저 고객의 계좌가 확인된 후에 제게 올라오거든요. 그래서 전 획 한번 훑어보고는 압인을 찍곤 합니다. 하지만 그건 금액이 상당했기 때문에⋯⋯.」

「잠깐만요⋯⋯ 그러니까 프로스페르 동주가 부지점장님의 고객이란 말씀입니까?」

「네, 반장님, 5년 전부터요. 심지어는 그 전부터라고도 할 수 있어요. 왜냐면 원래 칸 지점에 있던 그 사람 계좌가 그 무렵에 우리 지점으로 이전된 거였으니까요.」

「제가 질문 좀 합시다. 제가 생각을 정리하기 위해서는 그편이 더 쉬울 것 같아요. 그러니까 프로스페르 동주가 크레디 리요네 은행 칸 지점의 고객이었다는 말씀이시죠. 당시 그의 계좌의 규모가 어느 정도였는지 말씀해 주실 수 있겠습니까?」

「소박한 규모였어요. 우리 은행과 거래하는 대부분의 호텔 종업원들의 계좌가 그렇듯이 말입니다. 하지만 그들은 숙식을 제공받기 때문에, 착실한 사람 같으면 수입의 거의 대부분을 저축할 수 있다는 점을 아셔야 합니다. 동주가 바로 그런 사람이어서, 그는 매월 1천 또는 1천 5백 프랑 정도를 자기 계좌에 예치하곤 했지요. 거기다가 그가 우리에게 가져온 채권 한 장은 2만 5천 프랑짜리였고⋯⋯. 요컨대 그는 파리에 올라왔을 때 약 5만 5천 프랑 정도를 가지고 있었습니다.」

「그리고 그는 계속 그렇게 돈을 조금씩 부어 왔나요?」

「잠깐만요! 제가 그 사람 거래 내역서를 가지고 왔습

니다. 보시면 알겠지만, 여기에 뭔가 아주 이상한 점이 있어요. 자, 첫해를 보면…… 개선문 근처 브레가의 가구 딸린 아파트에 거주하는 동주는 여전히 대략 1천2백 프랑 정도를 붓고 있고요……. 두 번째 해에는 입금은 하지 않고 인출만 하고 있습니다. 주소가 바뀌었어요. 생클루에 살게 됐는데, 그가 발행한 수표들을 보아하니, 거기다 단독 주택을 지은 것 같습니다. 부동산 중개인, 목수, 칠장이, 석공 회사 등등에 수표가 발행되었어요. 그래서 그해 말에 가면, 이 내역서를 보면 알 수 있듯이, 그의 계좌에 남은 돈은 833프랑 몇 상팀 정도였습니다……. 그런데 3년 전, 즉 그로부터 몇 달 후에…….」

「죄송한데요…… 지금 〈3년 전〉이라고 하셨나요?」

「네, 맞아요. 그 정확한 날짜는 조금 있다가 알려 드리겠고요……. 그러니까 3년 전, 그는 우리에게 편지를 보내어 자기가 이사 갔음을 알리는 한편, 〈레오뮈르가 117번지 3호〉를 새 주소지로 등록해 달라고 하더군요.」

「잠깐만요…… 혹시 부지점장님께서 동주를 직접 본 적은 있나요?」

「어쩌면 봤을지도 모르겠지만 생각이 안 나요……. 전 창구에서 일하지 않고 개인 사무실 안에 있어서, 손님들은 일종의 문구멍을 통해 볼 수 있을 뿐이죠.」

「그럼 다른 직원들은 그를 봤나요?」

「오늘 아침, 직원 여러 사람에게 그걸 물어봤습니다. 직원 중 한 사람이 그를 기억하더군요. 왜냐면 그 역시 파리 근교에 단독 주택을 한 채 지었기 때문이죠. 특히나 동주가 집을 짓자마자 다른 곳으로 이사 가서 놀랐다고 하더군요.」

「전화를 걸어서 그 직원을 여기로 불러 주실 수 있겠습니까?」

부지점장은 전화를 걸었다. 매그레는 그 틈을 이용하여 잠에서 갓 깨어난 사람처럼 끄응 하며 기지개를 켰지만, 눈동자는 벌써부터 반짝이고 있었다.

「그러니까 아까 말씀하시기를…… 자, 보자……! 그러니까, 동주는 레오뮈르가 117번지 3호로 이사를 갔다고 그랬죠……? 잠깐만 실례하겠어요…….」

그는 형사들의 사무실로 사라졌다.

「뤼카! 당장 택시를 잡아타고 레오뮈르가 117번지 3호로 달려가! 거기 가서 프로스페르 동주란 사람에 대해서 알아보라고……! 자세한 것은 나중에 설명해 줄게.」

그는 부지점장에게로 돌아왔다.

「자, 그리고 나서 그의 거래 내용은 어땠습니까?」

「바로 그 점에 대해 말씀드리려고 제가 이렇게 찾아온 겁니다. 오늘 아침, 전 그의 계좌를 들여다보다가 기절할 듯 놀랐어요. 그리고 그가 마지막으로 한 거래의 내용

을 알게 되고는 더욱 놀랐죠. 그러니까 첫 번째 미국 수표
는……」

「네? 지금 뭐라고 하셨죠?」

「오! 그게 여러 개 있었어요……. 첫 번째 미국 수표는
디트로이트의 한 은행이, 3년 전 3월에, 프로스페르 동주
앞으로 발행한 것으로 액수는 5백 달러였어요. 당시에
이게 몇 프랑에 해당했는지는 정확히 알려 드릴 수 있습
니다.」

「그건 별로 중요하지 않아요!」

「이 수표가 그의 계좌로 입금된 겁니다. 그리고 6개월
후, 동주는 같은 액수의 또 다른 수표 하나를 우리에게
보내면서, 그걸 현금화하여 자기 계좌에 입금해 달라고
요청했어요.」

부지점장은 갑자기 불안해졌다. 매그레가 더없이 흐뭇
한 표정이 되어서 자신의 말에는 더 이상 귀를 기울이지
않는 기색이었기 때문이다. 아닌 게 아니라 매그레는 멍
하니 다른 생각에 잠겨 있었다. 이때 그의 뇌리에 이런 생
각이 퍼뜩 떠오른 것이다. 만일 이 사람을 맞아들이기 전
에 솔리시터에게 전화하지 않았더라면, 만일 전화로 그에
게 몇 가지를 상세하게 물어보지 않았더라면, 이 모든 것
은 순전한 우연처럼 보였을 게 아닌가…….

「네, 계속해 보세요……. 가만있자, 성함이…… 맞아요,

졸리베 씨!」

그는 매번 명함을 슬쩍 훔쳐보지 않으면 안 되었다.

「아니, 사실은 말씀하실 내용을 제가 벌써 알고 있어
요. 동주는 계속 디트로이트에서 수표를 받았죠. 석 달에
한 번꼴로, 정기적으로 말이죠.」

「맞습니다! 그런데 어떻게 그걸…….」

「그렇게 받은 수표들은 모두 해서 금액이 얼마나 됩니
까?」

「30만 프랑입니다.」

「그런데 동주는 그걸 인출하지 않고 그냥 계좌에 놔두
었나요?」

「네. 다만 최근 8개월 동안에는 수표 들어온 게 없었습
니다.」

당연하지! 미시즈 클라크는 프랑스에 오기 전에 아들
과 함께 태평양 크루즈 여행을 하지 않았던가?

「이 기간 동안에도 동주는 전에 매달 했다던 그 소액
입금을 계속했나요?」

「계좌에서 그런 흔적은 발견 못 했습니다. 하기야 미국
수표들에 비하면 우스운 액수들이었을 것이니……. 어쨌
든 가장 이상한 점은 지금부터입니다. 그저께 편지가 한
통 날아왔는데요……. 그걸 처리한 건 제가 아니라 해외
서비스 담당자였는데, 그 이유는 곧 이해하시게 될 겁니

다……. 그러니까 그저께, 우린 동주로부터 편지를 한 통 받았어요. 그 안에는 평소처럼 수표가 들어 있지 않고, 대신 브뤼셀의 한 은행에서 지불받을 수 있는 지참인 지불 수표를 한 장 발행해 달라고 요청하고 있었습니다. 흔히 있는 거래죠. 해외여행을 하는 사람들은 종종 우리에게 은행 간 수표를 발행해 달라고 요청합니다. 그러면 번거로운 신용장도 필요 없고, 거액을 현금으로 가지고 다니지 않아도 되니까요.」

「수표 액수는 얼마나 됐죠?」

「28만 프랑스 프랑…… 계좌 잔액의 거의 전부였죠. 결국 동주의 계좌에는 2만 프랑이 채 못 되는 금액만 남았습니다.」

「즉, 그 수표를 발행해 줬다는 말씀이군요?」

「네, 우린 수표를 요청된 주소에 보내 주었습니다.」

「다시 말해서?」

「평소대로죠. 〈레오뮈르가, 117번지 3호, 프로스페르 동주.〉」

「그럼 그 편지가 어제 오전에 배달됐겠네요?」

「그럴 수 있겠죠……. 하지만 그 경우, 동주는 그걸 받지 못했겠죠.」

부지점장은 신문을 흔들어 보였다.

「그는 그걸 못 받았을 겁니다. 왜냐면, 그저께 우리가 수표를 작성하고 있었을 무렵, 프로스페르 동주는 체포되었으니까요!」

매그레는 재빨리 전화번호부를 뒤졌고, 레오뮈르가 117번지 3호에는 전화번호가 여러 개 있지만, 관리인실에도 수화기가 하나 있다는 사실을 알게 되었다. 그는 그 번호로 전화를 걸었다. 뤼카가 몇 분 전에 거기 도착해 있었다.

그는 몇 가지를 간단하게 지시했다.

「그래, 그래! 동주의 주소로 온 편지…… 봉투에는 크레디 리요네 은행 O 지점의 스탬프가 찍혀 있고……. 이봐, 빨리 알아보고 나한테 전화해 달라고…….」

「어떻습니까, 반장님…….」 부지점장이 점잔을 빼면서 말했다. 「제가 잘한 거죠? 이렇게 와서 알려 드린…….」

「아, 물론이죠! 물론이죠!」

다만 매그레는 더 이상 부지점장을 보지 않고 있었다. 그는 더 이상 관심 대상이 아니었다. 매그레의 생각은 먼 곳에 가 있었다. 그게 정확히 어딘지는 아무도 몰랐다. 어쨌든 그는 갑자기 무슨 바람이 불었는지, 물건들을 제자리에 정리한다, 난로 속을 쑤신다 하며 왔다 갔다 하고 있었다.

「반장님, 크레디 리요네 은행의 직원 한 분이 오셨는데요?」

「들어오시게 해!」

그와 동시에 전화벨이 요란하게 울렸다. 문가에 엉거
주춤 선 은행원은 휘둥그레진 눈으로 자기 부지점장을
쳐다보면서, 도대체 이 양반이 무슨 짓을 했기에 수사국
이 호출했을까를 자문해 보고 있었다.

「뤼카인가?」

「그런데 말이죠, 반장님, 지금 제가 와 있는 건물은 일
반 거주용 건물이 아니에요. 여기엔 사무실들만 있고, 그
대부분은 방 한 칸짜리입니다. 어떤 방들은 파리에 주소
를 갖는 게 유리하다고 판단하는 지방 상인들이 임대해
쓰고 있어요. 하지만 그들 중 어떤 이들은 나타나는 일
이 거의 없고, 우편물만 전달받는답니다……. 또 전화를
받는 타이피스트 한 명만 달랑 앉아 있는 방들도 있고
요…… 여보세요……?」

「계속해 봐!」

「3년 전에 동주는 이곳의 사무실 하나를 월세 6백 프
랑으로 얻었습니다. 여기에 직접 나타난 것은 두세 번 정
도였다네요. 그 뒤로는 건물 관리인에게 매달 1백 프랑씩
보내어 자기 우편물을 전달하게 한답니다.」

「어디로 전달하지?」

「오스만가 42번지, 젬 우편물 관리 대행사…….」

「수취인 이름은?」

「봉투는 타자기로 쳐서 미리 만들어 놓은 것들이에요. 동주가 미리 그것들을 보내 줬다고 하네요. 잠깐만요…… 이 관리인실이 조금 어두워서……. 그래, 여기 불 좀 비춰 줘요……. 자, 여기 있네요…… 오스만가 42번지, 젬 우편물 관리 대행사, J. M. D.…… 이게 전부입니다……. 아시겠지만, 이런 사설 우체국은 수취인 이름의 이니셜을 허용하는 유일한 곳이지요.」

「자네, 택시는 붙잡아 뒀겠지……? 아니라고……? 이런, 멍청이 같으니……! 빨리 아무 차나 잡아타……! 지금 몇 시야……? 11시……. 오스만가로 총알같이 달려가게……. 관리인이 어제 아침에 편지 한 장을 재발송했다던가……? 했다고……? 아, 그럼 어서 달려가지 않고 뭐해?」

매그레는 하도 흥분한 나머지 옆에 두 사람이 있다는 것조차 잊어버렸고, 그 두 사람은 당황하여 어쩔 줄 몰라 하면서도 매그레의 통화 내용을 들으며 눈이 둥그레졌다. 매그레는 마음이 얼마나 급했는지 하마터면 두 사람에게도 이렇게 소리 지를 뻔했다.

〈두 분은 여기서 뭐 하고 있는 거요?〉

하지만 이내 마음을 가라앉히고는, 〈선생은 은행에서 무슨 일을 하시오?〉 하고 물었고, 직원은 소스라치게 놀랐다.

「전 당좌 예금 부서에서 일하고 있습니다.」

「프로스페르 동주를 아시오?」

「네, 알아요……. 안다는 게 뭐냐면, 그를 여러 번 본 적이 있다는 뜻입니다. 당시 그는 교외에 단독 주택을 한 채짓고 있었는데, 저 역시 그랬기 때문에……. 다만, 제가 선택한 분할지는 지역이…….」

「알겠소. 그래서요?」

「그는 이따금 현금을 얼마간씩 인출하러 오곤 했어요. 자재 공급자들이 은행 계좌가 없어서 수표를 안 받기 때문이라더군요. 그는 이런 상황을 힘들어했어요. 거기에 대해서 우리가 대화를 나눴던 게 생각납니다. 우리도 미국 사람들처럼 모든 사람이 은행 계좌를 하나씩 가지고 있어야 하지 않겠느냐……. 자기는 은행에 들르기가 어렵다, 왜냐면 자기는 직장인 마제스틱 호텔에 아침 6시부터 저녁 6시까지 붙잡혀 있어야 하는데, 퇴근하고 오면 은행은 닫혀 있다……. 전 그에게 말했죠……. 저, 이건 우리가 특별한 사정을 가진 손님들을 위해 하는 일이니까, 부지점장님도 좀 이해해 주셨으면 해요……. 전 그에게, 앞으로는 전화만 한 통 해주면 당신에게 서명할 영수증과 함께 돈을 보내 주겠다, 하고 말했어요……. 그렇게 해서 전두세 차례 마제스틱 호텔에 돈을 보내 줬습니다.」

「그 이후로 다시 본 적이 있소?」

「그러진 않았을 거예요……. 물론 전 두 해를 연달아서

184

여름 동안 에트르타 지점을 지휘하러 파견되었기 때문에…… 그 사람이 그 시기에 들렀을 수도 있죠.」

매그레는 별안간 자기 책상의 서랍 하나를 열더니, 거기서 동주의 사진을 꺼내어 아무 말 없이 책상 위에 올려놓았다.

「아, 이 사람이어요!」 직원이 소리쳤다. 「매우 특색 있는 용모였죠. 그 사람 말에 따르면, 아주 어렸을 때 천연두에 걸렸는데, 그가 살던 농가 사람들은 의사 부를 생각도 안 했던 것 같아요.」

「이게 그 사람인 게 확실합니까?」

「네. 내가 나인 게 확실하듯이요.」

「또 그 사람 필체도 알아볼 수 있겠어요?」

「그건 나도 알아볼 수 있어요!」 뒷전으로 밀려나서 뿔이 난 부지점장이 끼어들었다.

매그레는 각기 다른 사람이 쓴 다양한 종이들을 그들에게 내밀었다.

「아뇨…… 아뇨…… 이건 아니에요…… 아……! 자, 이거 보세요! 그 사람 특유의 7자가 여기 있네요. 그는 7자를 아주 특이하게 쓰곤 했죠. f자도 그랬고요. 자, 이 f자가 그 사람 거네요.」

지금 그들이 가리킨 것은 동주가 쓴 것이 맞았다. 왜냐면 그것은 커피, 빵을 곁들인 커피, 차, 토스트 혹은 코코아 같은 주문들이 밀려들었을 때 그가 휘갈겨 쓴 주문표 중의 하나였기 때문이다.

전화기에서는 아무 소리가 없었다. 정오를 알리는 종 소리가 울렸다.

「자, 두 분 고마웠습니다!」

젬 대행사에 간 뤼카는 도대체 무얼 하고 있단 말인가? 하기야 6프랑 아끼겠다고 택시 대신 버스를 탈 수 있는 친구니까!

9

샤를 씨의 신문

한 사람씩 따로 보았다면 그럭저럭 봐줄 만했을 것이다. 하지만 두 여자가 마치 어떤 공장의 입구에 선 것처럼 수사국 정문 근처에 함께 서 있으니, 그 몰골이 기괴하고도 한심스럽기 짝이 없었다. 닳아빠진 토끼털 코트를 걸치고 왜가리처럼 바짝 마른 두 다리로 버티고 서서는, 정문을 지키는 순경을 도전적으로 노려보기도 하다가 발걸음 소리만 들리면 누가 오나 보려고 고개를 기우뚱 숙이고 건물 안을 들여다보곤 하는 지지……. 그리고 엄두가 나지 않아 머리를 다듬지도, 화장하지도 못한 채로 나온 데다가, 아까 흐느껴 울었고 지금도 훌쩍거리고 있는 탓에 그 펑퍼짐하고도 허연 얼굴이 불그레한 눈물 자국들로 온통 얼룩져 있는 가련한 샤를로트……. 역시 빨간빛의 코는 얼굴 한가운데 조그만 공을 이루고 있었다.

그녀는 검은 모직으로 되었고, 목깃과 옷단 부분에는

아스트라한 모피를 댄 아주 품위 있는 외투를 입고 있었다. 두 손은 광택 나는 송아지 가죽으로 만든 큼직한 핸드백을 힘없이 들고 있었고……. 그 껑충한 까마귀 같은 지지의 존재만 아니었다면, 그리고 얼굴 한가운데의 이 조그만 빨간 코만 아니었다면 그녀는 제법 우아하게 보일 수도 있었으리라.

「그 사람이야!」

샤를로트는 선 자리에서 꼼짝도 하지 않았다. 반면 지지는 끊임없이 왔다 갔다 하고 있었다. 과연 매그레가 한 동료와 함께 나타났다. 그는 두 여자를 너무 늦게 발견했다. 강변로에는 햇살이 눈부셨고, 공기 중에는 이른 봄기운이 희미하게 느껴졌다.

「반장님, 죄송한데요……!」

그는 동료와 악수했다.

「자, 점심 식사 맛있게 하라고!」

「반장님, 잠깐 얘기 좀 나눌 수 있을까요?」

그리고 샤를로트는 울음을 터뜨리면서, 공처럼 둥글게 뭉친 손수건 거의 전체를 입안에 쑤셔 넣었다. 행인들이 뒤돌아보았다. 매그레는 참을성 있게 기다렸다. 지지는 친구를 대신하여 변명이라도 하듯이 내뱉었다.

「애는 지금 수사 판사한테 소환되었다가 나오는 길이에요…….」

「저런, 저런! 보노 판사가 그랬단 말이지……! 물론 그는 그럴 권리가 있긴 하지만…….」

「반장님, 그게 정말인가요? 프로스페르가…… 모든 걸 자백했다는 게?」

여기서 매그레는 피식 웃지 않을 수 없었다. 그래, 수사 판사가 찾아낸 방법이 고작 이거란 말인가? 초보 경찰 애들이나 사용할 이런 뻔한 잔꾀를 쓰다니……! 그런데 이 미련퉁이 샤를로트는 그런 유치한 수법에 넘어간 것이다!

「사실이 아니죠……? 그래요, 그럴 줄 알았어요! 그 판사가 나한테 무슨 말을 했는지 아신다면……! 만일 그 사람 말을 들으셨다면, 내가 이 세상에서 제일 못된 년이라고 생각하셨을 거예요…….」

정문 앞에 보초 선 순경은 재미있다는 듯한 눈으로 그들을 관찰하고 있었다. 하긴, 이게 좀 묘한 광경인 건 사실이었다. 괴상한 행색의 두 여자에게 둘러싸여 쩔쩔매고 있는 매그레 반장! 게다가 한 여자는 울고불고하고 있고, 다른 하나는 의심 가득한 눈으로 그를 째리고 있고…….

「마치 내가 프로스페르를 고발하는 익명 편지를 쓰기라도 한 것처럼……! 난 그가 사람을 죽이지 않았다고 확신하고 있는데 어떻게 그럴 수 있겠냐고요? 차라리 권총으로 쏴 죽였다고 한다면 믿을지도 몰라요. 하지만 그 사람이 누군가를 목 졸라 죽인다는 건 상상할 수도 없는 일이어요. 게다가 그다음 날 아무 죄도 없는 불쌍한 남자에게 또 그런 짓을 했다는 건 더더욱……. 반장님, 반장님은 뭔가 새로운 걸 찾아내셨나요? 그가 계속 감옥에 갇혀 있을 것 같나요?」

매그레는 손님을 찾아 배회하는 택시 한 대에 손짓을 했다.

「자, 타시오!」 그는 두 여자에게 말했다. 「드라이브나 한번 하려던 참인데, 같이들 갑시다…….」

사실이었다. 젬 대행사에서 아무것도 알아내지 못한 뤼카에게서 마침내 전화가 왔고, 매그레는 그를 오스만가에서 만나기로 한 것이다. 그런데 이들을 보자 한 가지 생각이 떠올랐던 것이다…….

두 여자는 접이식 간이 좌석에 앉으려 했으나, 그는 그들은 뒷좌석에 앉히고 자신이 기사와 등을 지고 앉았다. 늦겨울에 찾아온 화창한 봄 날씨였다. 차창 밖으로 산뜻한 파리의 거리들이 지나가고, 행인들도 한결 경쾌하게 보였다.

「그런데 말이오, 샤를로트, 동주는 계속 은행에다 저금을 했소?」

그는 지지에게 버럭 한마디 내지를 뻗쳤다. 그가 입을 열기만 하면 그녀는 어떤 함정을 냄새 맡았기라도 하듯 미간을 찌푸리는 거였다. 자기 친구에게 이렇게 말하고 싶은 것을 참고 있는 기색이 역력했다.

〈조심해! 신중하게 생각하고 나서 대답하라고…….〉

한편 샤를로트는 깜짝 놀라서 외쳤다.

「아이고, 그 불쌍한 사람이 지금이라고요? 우리가 저금과 담쌓게 된 지는 벌써 오래됐어요. 우리가 그 집을 등에 지게 되고 나서부터는 정말이지……! 처음 받은 견적서 상으로는 공사비가 많아야 4만 프랑 정도일 줄 알았죠. 그런데 기초 공사에서부터 문제가 터졌어요. 하필 그아래 지하수가 흐르는 바람에 공사비가 예상보다 세 배나 들어갔죠. 그다음에는 벽을 올리기 시작했는데, 인부들이 파업을 일으켜 겨울이 시작될 무렵에 공사가 중단되어 버렸죠. 그런 식으로 여기에 5천 프랑, 저기에 3천 프랑…… 정말이지 도둑 떼가 따로 없다니까요! 지금까지 그 집 때문에 얼마가 들어갔는지 말씀드리면 아마 못 믿으실 거예요. 정확한 숫자는 말씀드릴 수 없지만, 적어도 8만 프랑 이상 들어간 게 확실하고, 아직까지도 지불하지 못한 것들이 수두룩해요.」

「그래서 동주는 은행에 돈이 한 푼도 안 남았단 얘기죠?」

「돈은 고사하고 더 이상 계좌도 없어요. 그러니까…… 그러니까 약 3년 전부터예요. 이걸 제가 기억하는 이유는 어느 날 우편집배원이 와서는 8백 몇 프랑짜리 우편환을 주고 갔기 때문이에요. 전 그게 뭔지 몰랐죠. 그런데 동

주가 돌아와서는, 자기가 계좌 청산을 요청하는 편지를
은행에 보냈다고 설명해 주더군요.」

「혹시 그 날짜를 기억하시오?」

「그게 당신하고 무슨 상관이죠?」 꼭 이렇게 한 번씩 쏴
붙이지 않으면 직성이 풀리지 않는 지지가 물었다.

「겨울이었을 거예요. 왜냐면 집배원이 왔을 때 제가 펌
프 주위에 붙은 얼음을 깨고 있었거든요……. 가만……
전 그날 생클루의 시장에 가서…… 거위를 한 마리 사 왔
죠……. 따라서 성탄절 며칠 전이었을 거예요…….」

「지금 우리 어딜 가는 거야?」 지지가 차창 밖을 쳐다보
며 중얼거렸다.

바로 이때, 택시가 오스만가, 생토노레 지구 조금 못 미
친 곳에 멈춰 섰다. 보도에 서 있던 뤼카는 매그레가 두 여
자에 뒤이어서 차에서 내리는 걸 보고 눈이 휘둥그레졌다.

「잠깐만요……」 반장이 두 여자에게 말했다.

그러고는 뤼카를 한쪽으로 데리고 가서,

「자, 어떻게 됐어?」

「저기 보세요. 저 가방 가게와 여자 미용실 사이에 좁
다란 상점 같은 것이 보이시죠……? 저게 바로 젬 대행사
입니다. 사장은 어떤 구역질 나는 영감인데, 그에게선 아
무것도 알아낼 수 없었어요. 그는 자기 점심시간이 되었
다며 가게 문을 닫고 나가려고 했어요. 제가 강제로 남아

192

있게 했죠. 그랬더니 길길이 날뛰며 말하기를, 영장도 없으면서 무슨 권리로…….」

매그레는 대행사 안으로 들어갔다. 조명도 제대로 되지 않은 사무실은 검은 목제 카운터로 반으로 나뉘었고, 역시 검은색의 칸막이 선반들이 벽을 덮었는데, 칸들 각각은 우편물로 채워져 있었다.

「여봐요! 내가 알고 싶은 건…….」 늙은이가 다짜고짜 따지려고 들었다.

「괜찮으시다면,」 매그레가 으르렁대듯 말했다. 「내가 먼저 질문 좀 하겠소……. 당신은 수취인 이름이 이니셜로 적힌 편지들을 보관해 주는 일을 하지. 그런 편지는 우체국 사서함에선 받지 않으니까 당신은 고객들을 짭짤하게 확보하고 있을 거고…….」

「나도 영업세를 낸다고!」 늙은이는 이렇게 내뱉을 뿐이었다.

그가 쓴 두툼한 안경알 뒤에서 질척이는 눈물로 덮인 눈알들이 뒤룩거렸다. 재킷은 더러웠고, 셔츠 목깃은 나달나달 닳은 데다가 때가 찌들어 누랬다. 몸 전체에서 풍기는 역한 냄새는 아예 가게 자체의 냄새가 되어 있었다.

「이니셜 옆에다 고객의 진짜 이름을 적어 놓았을 장부가 혹시 있는지 알고 싶소.」

늙은이는 낄낄댔다.

「실명을 밝혀야 한다면 그 인간들이 여기에 올 것 같소? 왜, 그들에게 신분증 제시라도 요구할까?」

무수한 간통과 무수한 다른 지저분한 뒷거래의 아지트 역할을 했을 이 가게에 슬그머니 드나들 예쁜 여자들을 생각하니 속이 약간 메슥거렸다.

「어제 아침, 당신은 J. M. D.라는 이니셜 앞으로 온 편지를 한 통 받았지.」

「그랬을 수 있겠지. 벌써 당신 동료에게 얘기했소. 또 그가 우겨서 그 편지가 더 이상 여기 없다는 사실도 확인시켜 줬고.」

「그렇다면 누군가가 와서 그걸 찾아갔다는 얘기구먼. 그게 정확히 언젠지 말해 줄 수 있겠소?」

「난 아무것도 모르오. 또 안다 하더라도 말해 줄 순 없을 것 같고.」

「내가 조만간에 당신 가게 문을 닫게 할 수도 있다는 사실은 혹시 아시오?」

「당신처럼 말한 사람들이 지금까지 더러 있었지만, 당신 말마따나 내 〈가게〉는 40년 전부터 끄떡없이 이 자리를 지켜 왔어. 그동안 이 가게에 쳐들어와서 난동을 부리고, 지팡이를 휘두르며 날 위협한 남편들의 숫자를 세어 볼 것 같으면······.」

이 인간이 구역질 난다는 뤼카의 말은 틀린 게 아니었다.

「자, 괜찮으시겠다면 난 이만 덧문을 걸고 점심 먹으러 가야겠소이다.」

이 쥐며느리 같은 인간은 대체 어디에서 식사를 하는 걸까? 이런 사람에게도 아내와 자식들이 있을까? 그보다는 오히려 독신자이리라. 지정석과 전용 냅킨 고리를 제공하는 인근의 어느 초라한 식당에서 식사를 해결하는…….

「이 사람 본 적 있소?」

매그레가 끄떡도 하지 않고 다시 한번 동주의 사진을 내밀자, 노인의 호기심이 심통을 눌렀다. 그는 고개를 숙여서는 사진에서 20센티미터도 안 되는 거리로 얼굴을 바짝 가져다 댔다. 그의 표정엔 조금도 변화가 없었다. 다만 어깨를 으쓱했을 뿐이다.

「생각나는 게 전혀 없소이다…….」그는 마지못한 듯 웅얼거렸다.

두 여자는 바깥, 좁다란 진열창 앞에 서 있었다. 매그레는 샤를로트를 불렀다.

「그럼 이 사람은? 이 사람은 알아보겠소?」

만일 지금 샤를로트가 연극을 하고 있는 것이라면, 연기력이 기가 막힌다고 하지 않을 수 없었다. 그녀는 놀람과 거북함이 뒤섞인 표정으로 주위를 둘러보는데, 이런 종류의 장소에 처음 들어와 보는 것이라면 정말로 자연스러운 반응이었다.

「도대체 무슨…….」 그녀가 더듬거렸다.

그녀는 겁에 질려 있었다. 도대체 왜 자기를 여기로 데려왔을까 자문해 보고 있었다. 그녀는 본능적으로 도움을 찾아 지지를 돌아보았고, 이에 지지는 제 발로 걸어 들어왔다.

「우리 가게에 들어오게 할 사람이 아직도 많이 남았소?」

「이 사람들 못 알아보겠소? 이 두 사람 모두……? 그래, 나한테 말해 줄 수 없는 거요? J. M. D. 앞으로 온 편지를 달라고 해서 가져간 사람이 남자인지 여자인지? 그리고 언제 가져갔는지?」

늙은이는 대답 없이 나무 덧문 하나를 집어 들더니 문에다 걸기 시작했다. 여기서 나가는 것밖에 다른 수가 없었다. 매그레와 뤼카, 그리고 두 여자는 얼마 안 있으면 파릇파릇 싹들이 움트게 될 마로니에 나무 아래, 보도로 나왔다.

「이제 두 사람은 가도 되오!」

매그레는 두 여자가 멀어져 가는 것을 지켜봤다. 10미터도 못 가서 지지는 친구에게 뭐라고 맹렬하게 늘어놓으면서, 뚱뚱한 샤를로트가 따라가기 힘들 정도로 빠른 걸음으로 걸어가기 시작했다.

「반장님, 뭐 새로운 거라도 있어요?」

매그레가 무슨 대답을 할 수 있겠는가? 그는 미간을 찌푸린, 언짢은 표정이었다. 봄이 그의 주름살을 펴주는 게 아니라, 짜증 나게 하고 있는 것 같았다.

「모르겠어……. 이봐, 가서 점심이나 들게. 오후에는 사무실에 붙어 있고. 은행들에, 프랑스 은행들과 외국 은행들에 연락해서, 만일 28만 프랑짜리 수표가 나타나면…….」

그는 마제스틱 호텔에서 지척인 곳에 와 있었다. 그는 퐁티외가로 접어들어서는, 특급 호텔의 직원용 뒷문 근처에 있는 카페에 들어갔다. 간단히 요기할 수 있는 곳이었고, 그는 카술레[12] 통조림을 하나 주문해서는 구석 자리 테이블에서 여전히 침울한 얼굴로 혼자 먹었다. 얼마 떨어지지 않은 테이블에서는 두 손님이 마주 앉아 경마장에 가기 전에 후다닥 점심을 먹으며 경주마들에 대해 얘기하고 있었다.

이날 오후 매그레가 무엇을 했는지는, 그의 뒤를 따라다닌 사람이라 할지라도 정확히 설명하기 힘들었을 것이다. 식사를 끝낸 후, 그는 커피 한 잔을 마셨고, 파이프용 담배를 사서 쌈지에 꾹꾹 다져 넣었다. 그리고 나서는 선술집을 나와 한동안 보도에 서서는 주위를 둘러보았다.

아마도 명확한 계획이 없는 듯했다. 그렇게 어정거리

12 *cassoulet*. 콩을 돼지고기 등과 함께 졸인 프랑스 요리.

며 마제스틱 호텔의 뒷문 복도로 들어간 그는 출퇴근 기록기 앞에 꼼짝하지 않고 서 있었다. 마치 어떤 기차역에서 몇 시간을 기다려야 하는 사람이 심심파적으로 과자 자동판매기를 작동해 보는 것 같은 모습이었다.

그의 뒤로 사람들이 지나갔다. 특히 옆의 카페에서 한 잔 털어 넣고 오려고, 목에 수건을 두른 채로 달려가는 요리사들이 많았다.

복도 안으로 나아감에 따라 공기는 더욱 후덥지근해졌고, 얼굴에는 주방에서 발산되는 뜨거운 냄새들이 훅 훅 끼쳤다.

탈의실에는 아무도 없었다. 그는 세면대에서 손을 씻었다. 그저 시간을 보내기 위함이었다. 또 손톱을 청소하며 10분은 족히 보냈다. 그러고 나서는 실내가 너무 더웠으므로 외투를 벗어 89번 로커 안에 걸어 두었다.

장 라뮈엘은 그의 유리 골방 안에 앉아 있었다. 맞은편의 커피 준비실에서는 세 여자가 평소보다도 빠른 속도로 움직이고 있었다. 프로스페르를 대체한 흰 셔츠 차림의 새 직원도 마찬가지였다.

「누구죠?」 매그레가 라뮈엘에게 물었다.

「임시 직원이에요. 정식 담당자를 찾을 때까지만 일하죠. 여기선 〈샤를 씨〉라고 부르고 있고요……. 그래서 반장님, 여길 또 한 번 둘러보러 오셨나요……? 아, 잠깐 실례하겠습니다.」

바야흐로 피크 타임이었다. 일류 고객들은 점심을 늦게 먹는 편인지, 라뮈엘 앞에는 주문표가 산처럼 쌓여 가고, 웨이터들은 줄줄이 지나가고, 주문 전화벨들은 동시에 울려 대고, 음식물 운반용 승강기들은 쉴 새 없이 작동했다.

매그레는 모자를 쓰고 두 손을 호주머니에 찌른 채로 여기저기 어정거렸다. 어떤 소스를 휘젓고 있는 요리사 뒤에 멈춰 서서 그것이 엄청나게 흥미 있기라도 한 양 물끄러미 구경하다가는, 잠시 후에는 설거지하는 곳에 나타나기도 하고, 혹은 시종실의 유리 벽에 얼굴을 바짝 대고 있는 모습으로 발견되기도 했다.

첫 번째 수사 때와 마찬가지로 그는 직원용 층계로 들어갔다. 이번에는, 여전히 그 뚱한 얼굴로, 조금도 서두르지 않고 층마다 모두 올라가 보았다. 그가 다시 내려오고 있는데 지배인이 헐레벌떡 뛰어왔다.

「반장님이 오셨다는 소식을 방금 전에 들었습니다. 점심 식사는 못 하셨을 것 같은데요? 괜찮으시다면 저희가…….」

「먹었소. 고맙소.」

「새로운 소식이라도 있는지 여쭤 봐도 되겠습니까? 난 프로스페르 동주가 체포됐다는 얘기를 듣고 얼마나 놀랐던지……. 하지만 정말 아무것도 안 드시겠습니까……? 그럼 코냑이라도 한잔…….」

지배인은 아무런 감정도 내비치지 않는 매그레와 이처럼 비좁은 층계에 같이 있게 된 게 무엇보다도 거북했다. 이럴 때 보면 매그레 반장이 꼭 어떤 무디고도 굼뜬 후피동물[13]처럼 느껴졌다.

「난 언론이 이 사건을 모르고 지나가길 바랐었는데요……. 아시겠지만, 호텔 입장에선 이런 사건이 얼마나……. 그리고 동주는…….」

정말이지 절망스러웠다. 매그레는 붙잡을 만한 게 전혀 없는 밋밋한 절벽일 뿐이었다. 그는 층계를 내려가기 시작했고, 얼마 후 두 사람은 지하실에 이르렀다.

「불과 며칠 전까지만 해도 제가 모범 사례로 언급했을 만한 친구였는데……. 왜냐면 반장님도 짐작하시겠지만 이런 곳에서 일하면 별의별 인간을 다 겪게 되거든요…….」

매그레의 시선은 한 유리 벽에서 다른 유리 벽으로, 혹은 그의 표현을 빌리자면, 한 수족관에서 다른 수족관으로 옮겨 갔다. 그 시선의 움직임은 탈의실에서, 다시 말해서 두 사람의 삶이 마감된 그 문제의 89번 로커에서 끝이 났다.

---

13 포유동물 중에서 코끼리, 하마 등 가죽이 두꺼운 동물을 통틀어 이르는 말.

「또 그 불쌍한 콜뵈프에 대해서 말하자면…… 제가 너무 귀찮게 하는 거라면 죄송한데요…… 그냥 어떤 생각이 하나 떠올라서……. 그런 짓을 하려면 평균 이상의 완력이 필요하다고 생각하지 않으시나요? 벌건 대낮에, 불과 몇 미터 떨어진 곳에 많은 사람들이 있는 곳에서 장정 하나를 목 졸라 죽일 수 있었다는 것은, 그가 비명도 못 지르고 몸부림도 못 치게 만들었다는 건데……. 만일 지금 같은 시간이었다면 그래도 가능했을지 모르죠. 왜냐면 모두가 정신없이 움직이고, 사방이 말도 못 하게 시끄러우니까요. 하지만 오후 4시 반이나 5시경에는…….」

「직원들이 식사 중이었던 건 아닐까요?」 매그레가 중얼거리듯 물었다.

「그건 상관이 없습니다. 우린 워낙에 아무 때나 먹는 버릇이 있어 놔서…….」

「자, 괜찮으시다면 그만 가셔서 하시던 점심 식사를 마저 끝내세요. 그냥 혼자서 조금 어정거려 보고 싶어서…… 미안합니다.」

그리고 다시 복도를 따라 걸어 보고, 문들을 열어 보고, 다시 닫고, 파이프에 불을 붙이고는 이내 잊어버려 그대로 꺼지게 하곤 했다.

발걸음이 가장 자주 향한 곳은 커피 준비실이었다. 결국 거기서 일하는 사람들이 어떤 행동을 하는지 모두 알게 된 그는 잇새로 두서없이 이렇게 중얼거렸다.

「오케이…… 동주는 여기에 있어……. 매일 아침 6시면 여기에 나와 있지……. 오케이……! 집에서는 샤를로트가 들어오면서 데워 놓은 커피를 한 잔 마셨고……. 오케이……! 여기서도 그는 커피 메이커로 내린 커피를 자기도 한 잔 따라 마셨겠지……. 오케이……!」

이런 사실들에 무슨 의미라도 있는 걸까?

「그는 평소에는 야간 담당 수위에게 커피를 한 잔 가져다주지……. 오케이…… 사실은, 쥐스탱 콜뵈프가 내려온 것은 6시 10분이 넘었는데도 동주가 아직 올라오지 않았기 때문이었을지도 몰라……. 오케이…… 그러니까…… 그래서일 수도 있고, 아니면 다른 이유에서일 수도 있겠지…… 흠……!」

지금 그들이 커피를 채우고 있는 것은 아침 식사 때 사용하는 은제 커피포트가 아니라, 위쪽에 콩알만 한 필터가 달린 조그만 도기 커피포트들이었다.

「아침마다 식사 주문은 빠른 속도로 이어지고……. 오케이……! 그리고 나서 동주는 빵을 한 조각 먹어……. 쟁반에 간단한 아침 식사를 차려서 가져다줄 테니까…….」

「반장님! 죄송하지만 조금 왼쪽으로나 오른쪽으로 비켜 주실 수 있겠습니까? 거기 계시니까 잔들이 안 보여서요…….」

유리로 된 우리 안에서 모든 걸 지켜봐야 하는 라뮈엘이었다. 어? 그런데, 저이는 커피 잔 숫자까지 세고 있었군…….

「반장님, 번거롭게 해서 죄송합니다.」

「아, 괜찮아요, 괜찮아요…….」

오후 3시. 리듬이 잦아들었다. 주방장 중 하나가 외출하려고 옷을 갈아입었다.

「라뮈엘! 만일 누가 나를 찾거든 5시경에 들어온다고 해! 세금을 내러 다녀와야 하거든.」

조그만 갈색 커피포트들은 거의 모두가 다시 내려와 있었다. 샤를 씨는 커피 준비실에서 나와 뒷길로 나가는 복도로 들어서면서 호기심 어린 눈으로 반장을 흘끔 쳐다보았다. 여자들이 그가 누군지 귀띔해 주었으리라.

그는 잠시 후에 석간신문 한 부를 사 들고 돌아왔다. 3시가 조금 넘은 시간이었다. 여자들은 설거지대의 온수에 팔꿈치까지 팔을 담그고 작업 중이었다.

샤를 씨는 자신의 조그만 탁자에 최대한 편안한 자세로 자리 잡고 앉았다. 그러고 나서 신문을 활짝 펼쳐 놓고는, 안경을 쓰고 담배까지 한 대 피워 문 다음, 읽기 시작했다.

그런 그의 모습에는 조금도 놀라운 게 없었지만, 웬일인지 매그레의 눈이 둥그렇게 벌어졌다.

「자, 그러니까…….」 그는 주문표를 정리하고 있는 라뮈엘에게 미소를 지으며 말했다. 「이제는 휴식 시간인 모양이죠?」

「지금부터 4시 반까지 그렇습니다. 그리고 티 댄스 시간에 업무가 재개되죠.」

그러고 나서 몇 분이 더 흘렀지만 매그레는 여전히 복도를 떠날 생각을 않는다. 갑자기 커피 준비실에서 전화벨이 울렸다. 샤를 씨는 일어나 수화기에 대고 몇 마디를 던진 후, 마지못한 듯 신문을 내려놓고 복도 저쪽으로 멀어져 갔다.

「어딜 가죠?」

「지금이 몇 시죠? 3시 반이요? 아마 관리부장이 불렀을 겁니다. 커피와 차 재료 등을 내주려고요.」

「매일 그렇게 하나요?」

「네, 매일.」

라뮈엘은 여전히 느릿느릿한 걸음으로 커피 준비실로 들어가는 매그레를 눈으로 좇았다. 그가 거기서 한 일은 별다른 게 없었다. 그저 흰 나무로 된 평범한 탁자의 서랍을 한 번 열어 봤을 뿐이다. 그 안에는 조그만 잉크병 하나, 펜꽂이 하나, 편지지 한 묶음이 있었다. 또 몽당연필 몇 자루와 두어 장의 우편환 양식도 보였다.

그가 다시 서랍을 닫았을 때, 샤를 씨가 어떤 꾸러미들을 한 아름 들고 돌아왔다. 그는 매그레가 탁자 위에 고개를 숙이고 있는 걸 보고 오해를 했다.

「그거 가져가셔도 됩니다.」 그는 신문을 암시하며 말했다. 「읽을 것도 별로 없어요! 전 연재소설과 광고만 본답니다.」

오호라, 바로 이거였구먼!

「오케이⋯⋯! 프로스페르 동주는 이 탁자에 조용히 앉아 있어⋯⋯. 옆에서 세 여자는 설거지대의 뿌연 김 속에서 부산스레 일하고 있고⋯⋯ 그는⋯⋯.」

이때, 반장의 그 둔중하고도 졸린 듯한 모습이 순식간에 사라져 버렸다. 급히 해야 할 어떤 일이 갑자기 생각난 사람 같았다. 그는 아무에게도 인사하지 않고 빠른 걸음으로 탈의실로 가서는 외투를 꺼내어 걸으면서 걸쳐 입었고, 잠시 후에는 어떤 택시의 뒷좌석에 털썩 몸을 실었다.

「검찰국 경제과로 갑시다!」

4시 15분 전이었다. 아직 누군가가 남아 있으려나⋯⋯? 일이 순조롭게 진행된다면 오늘 저녁 이전에⋯⋯.

그는 고개를 홱 돌렸다. 방금 택시가 걸어서 마제스틱 호텔로 가고 있는 에드가르 파고네, 일명 세비오와 마주친 것이다.

10
〈라 쿠폴〉의 저녁 식사

작전은 매우 난폭하게 진행되었다. 사실 그 난폭함은 꾸민 것이었지만, 어쨌든 어두컴컴한 가게 구석에 두더지처럼 파묻혀 서서히 죽어 가고 있던 늙은 골동품상까지 깜짝 놀라 마룻바닥에 발을 질질 끌고 문가에까지 나와 보았을 정도였다.

저녁 6시가 조금 못 된 시간이었다. 생페르가의 우중충한 가게들에는 희미하게 불이 들어와 있었고, 거리에는 남보라색 땅거미가 아직도 꾸물대고 있었다.

강변로에서 튀어나온 경찰차가 요란하게 울려 대는 클랙슨 소리에 가게 안에 앉아 있던 골동품상들과 고서적상들은 하나같이 소스라쳤다.

귀를 찢는 듯한 브레이크 소리와 함께 경찰차가 보도변에 멈춰 섬과 동시에 세 남자가 긴급 구조대 대원들처럼 결연한 동작으로 차에서 뛰어내렸다.

가게 점원의 겁에 질린 창백한 얼굴이 문 유리에 바짝 붙으며 기괴한 데칼코마니를 이루었을 때, 문 앞으로 뚜벅뚜벅 걸어온 것은 매그레 혼자였다. 형사 한 명은 가게에 다른 출구가 없는지 확인하러 뒷골목으로 뛰어 들어갔다. 보도에 남아 있는 다른 형사는 콧수염이 굵직하고 눈매가 어둡고도 매서운 것이 마치 형사의 캐리커처와도 같은 인물로서, 매그레가 특별히 골라 온 사람이었다.

벽들이 온통 동방의 양탄자들로 덮여 있어서인지 먹먹한 정적이 감도는 가게 안에서 점원은 침착함을 회복하려 애썼다.

「아툼 씨를 보러 오셨나요……? 사장님이 계시는지 제가 확인해 보겠습…….」

반장은 벌써 점원을 옆으로 밀쳐 버리고 성큼 나아가고 있었다. 그는 안쪽에 걸어 놓은 양탄자들 사이로 어떤 균열 같은 것, 어떤 불그스름한 빛을 보았고, 그쪽에서 어떤 두런거리는 소리를 들었다. 잠시 후 그는 양탄자 내장으로 지어 놓은 것 같은 어떤 작은 방의 문턱에 서 있었다. 가구라고는 알록달록한 가죽으로 만든 쿠션들이 놓인 디방 하나, 그리고 모락모락 김이 나는 터키 커피가 놓인 나전(螺鈿) 외다리 원탁 하나가 전부였다.

한 사내가 서서는 떠날 채비를 하고 있었는데, 점원만큼이나 불안해하는 모습이었다. 디방에 앉아 있는 또 다른 사내는 금색 필터가 달린 담배를 피우면서 외국어로 몇 마디를 지껄였다.

「아툼 씨, 맞죠……? 수사국의 매그레 반장이오.」

방문객은 서둘러 방을 빠져나갔고, 곧이어 가게 출입문이 닫히는 소리가 들렸다. 매그레는 디방 언저리에 느긋이 걸터앉아서는 밤톨만 한 터키식 커피 잔들을 호기심 어린 눈으로 들여다보았다.

「아툼 씨, 날 못 알아보겠소? 하지만 우린 거의 반나절을 함께 보내지 않았소? 그러니까…… 그러니까 지금으로부터 거의 8년 전에 말이오……. 멋진 여행이었지……! 보주! 그리고 알자스……! 내 기억이 맞는다면, 그때 우린 국경 푯말 근처에서 헤어졌었지…….」

아툼은 몸집이 비대했지만, 동안(童顏)에 대단히 멋진 눈의 소유자였다. 화려한 옷차림에 손가락마다 반지를 끼고 향수 냄새를 짙게 풍기는 그는 앉았다기보다는 디방 안쪽 아늑한 곳에 비스듬히 누운 자세였고, 모조 설화석고 스탠드 하나로 밝혀진 이 작은 방은 파리라기보다는 동방의 시장 어느 곳 같은 느낌이었다.

「그때 당신이 무슨 짓을 했더라? 내 기억이 맞다면 별건 아니었어……. 단지 당신은 체류증이 없었고, 프랑스정부는 당신을 국경까지 모셔다 드리고 싶어 했지. 물론당신은 바로 그날 저녁에 다시 들어왔지만, 뭐, 우리 공무

원들 체면도 있으니까……. 그리고 아마 그 후로 당신은 후원자들을 찾아내셨겠지.」

흐트러짐 없는 차분한 표정의 아툼은 고양이처럼 꼼짝도 않고서 매그레를 빤히 지켜보고 있었다.

「그 이후로, 당신은 은행가가 되셨어. 왜냐면 여기 프랑스에서는 시민들의 돈을 다루겠다는 사람에게 백설처럼 깨끗한 범죄 기록부를 요구하지는 않으니까……. 그러고 나서 아툼 씨 당신은 또 여러 가지 골치 아픈 일들이 있으셨지…….」

「제가 질문 좀 해도 되겠습니까, 반장님?」

「내가 왜 여기 왔냐고? 음, 솔직히 말해서 아직은 잘 모르겠소……. 저 문밖에는 차 한 대와 내 동료 두 사람이 기다리고 있고, 우린 이대로 당신을 모시고 갈 수도 있지…….」

다시 담배를 한 대 피워 무는 아툼의 손끝은 떨리지 않았다. 그 전에 반장에게도 한 대 권했지만 매그레는 거절했다.

「혹은 당신은 여기에다 놔두고 나만 조용히 떠날 수도 있고.」

「그게 무엇에 달려 있죠?」

「한 가지 조그만 질문에 대해 당신이 해줄 대답에……. 그런데 난 당신이 얼마나 과묵한 사람인지를 익히 아는 고로, 보시다시피 미리 몇 가지 예비 조처를 했던 거요……. 당신이 은행장이었을 때, 당신 밑에는 당신의 오른팔이자 심복이었으며 — 당신의 공범이라고는 말하지 않겠소 — 이름은 장 라뮈엘이라고 하는 회계사가 하나 있었지……. 자, 내가 알고 싶은 것은 왜 당신은 그렇게 소중한 조력자와 헤어졌는지, 좀 더 정확히 말하자면 왜 그를 쫓아냈는지에 대해서요.」

상당히 긴 침묵. 아툼은 곰곰이 생각하고 있었다.

「반장님이 잘못 생각하셨습니다. 난 라뮈엘을 쫓아내지 않았어요. 내 기억이 맞는다면 그는 건강상의 이유로 자의로 내 곁을 떠났습니다.」

매그레는 일어섰다.

「할 수 없군! 그렇다면 첫 번째 해결책을 사용하는 수밖에……. 자, 아툼 씨, 날 따라오실까?」

「날 어디로 데려가려는 겁니까?」

「또다시 국경이지.」

동방인의 입가에 엷은 미소가 감돌았다.

「다만, 국경을 바꿀 거야. 이번에는 난 이탈리아 쪽으로 여행하고 싶단 말씀이야……. 듣자 하니, 전에 당신이 황급히 뜬 바 있는 그 나라에서 당신은 사기와 위조 수표 건으로 때려 맞으신 5년 징역형을 치르는 걸 깜빡하셨던 모양이던데…… 따라서…….」

「반장님, 앉으세요.」

「또 금방 다시 일어나야 하는 건 아니오?」

「라뮈엘을 어떻게 하시려는 거죠?」

「어쩌면 그가 있어야 할 곳에다 데려다 놓게 되겠지…….
자, 어떻게 생각하시오?」

그러고는 갑자기 어조를 바꾸어,

「이봐, 아툼! 난 오늘 시간이 그리 많지 않아! 당신은
라뮈엘에게 약점이 잡혀 있는 거지?」

「솔직히 말하자면, 그가 쓸데없는 얘기들을 늘어놔서
날 상당히 골치 아프게 만들 수 있어요. 은행 일이란 아
주 복잡한 건데, 그는 워낙에 여기저기 쑤시고 다니길 좋
아하는 인간인지라……. 나로서는 그냥 이탈리아를 선택
하는 쪽이 차라리 낫지 않겠느냐 하는 생각이 들 정도입
니다……. 물론 반장님께서 몇 가지를 보장해 주신다면
얘기가 다르겠지만……. 예를 들어, 그가 설사 어떤 것들
을 말한다 해도, 그건 지나간 과거사이고, 그 이후로 난
정직한 상인이 되었다는 점을 감안하셔서 대충 눈 감아
주신다면…….」

「그건 어느 정도 가능한 일이오.」

「그러시다면 난 이렇게 말씀드릴 수 있습니다. 라뮈엘
과 나는 한바탕 대판 싸운 후에 헤어졌어요. 왜냐면 난
그가 내 밑에서 일하면서 자기 실속을 챙기고 있으며, 위

조 서류도 몇 건 만들었다는 사실을 발견했거든요.」

「그 증거 자료는 보관하고 계시겠지?」

아툼은 눈을 깜짝깜짝하더니 아주 낮은 소리로 고백했다.

「하지만 그쪽 또한 다른 자료들을 갖고 있어서요. 그래서…….」

「그래서 당신들은 서로의 불알을 쥐고 있다……? 이봐, 아툼! 그 자료를 당장에 내놨으면 좋겠어!」

아툼은 이번에도 잠시 망설였다. 이탈리아 감옥이냐, 프랑스 감옥이냐? 그는 결국 일어섰다. 디방 뒤로 가더니 장식용 벽걸이 천을 들어 올렸다. 그러자 벽에 박힌 조그만 금고 하나가 드러났고, 그는 그것을 열었다.

「이게 그가 위조한 어음인데, 여기서 그는 내 서명뿐 아니라 내 고객들의 서명까지 위조했습니다……. 그런데 말이죠 반장님, 혹시 그놈 집을 수색하다가, 내가 잡다한 거래 내역을 적어 놓은 조그만 빨간 수첩을 하나 발견하시면, 좀 수고스럽겠지만…….」

그리고 매그레를 뒤따라 가게를 가로지르면서, 잠깐 머뭇거리다가 카라만산의 기가 막힌 양탄자 하나를 가리키며 속삭였다.

「저…… 매그레 부인께서 저 문양을 좋아하실지 모르겠는데…….」

매그레가 라 쿠폴 레스토랑에 들어가, 드넓은 홀 중에서 사람들이 식사를 하고 있는 쪽으로 향한 것은 저녁 8시 반이었다. 그는 혼자였고, 평소처럼 중산모는 뒤로 젖혀 쓰고, 두 손은 호주머니에 찌른 채였다. 그는 빈자리가 어디 있는지 열심히 찾고 있는 사람처럼 보일 뿐이었다.

갑자기 그는 푸짐한 냉육 모듬 요리 한 접시와 맥주 한 잔을 차려 놓고 앉아 있는 작달막한 사내를 발견했다.

「오, 뤼카 아냐? 옆자리가 비었는가?」

그는 멋진 저녁 식사를 즐기게 되어 흐뭇해 죽겠다는 표정으로 의자에 앉았다가, 다시 일어나서는 벨보이에게 외투를 맡겼다. 그의 옆자리에는 상스럽고도 사납기 그지없는 여자 하나가 큼직한 바닷가재 반 마리를 앞에 놓고 앉아서 심히 불쾌한 목소리로 소리 질렀다.

「웨이터! 여기 마요네즈 좀 다른 걸로 가져와요! 무슨 마요네즈가 이렇게 비누 맛이 나는 거야?」

매그레는 그녀에게로 고개를 돌렸다. 그다음에는 그 옆에 앉은 남자에게로 고개를 돌리더니, 진심으로 놀란 표정을 지었다.

「아니, 아니, 이게 누구야! 라뮈엘 아니시오? 이렇게 우연히 만나게 되다니…… 그래, 동석하신 이분은……?」

「제 아내입니다……. 여보, 이분은 수사국의 매그레 반장님이셔…….」

「반가워요, 반장님.」

「웨이터! 여기 비프스테이크와 감자튀김 한 접시, 그리고 맥주 한 잔!」

그의 시선은 버터와 치즈가 안 들어간 파스타만 달랑 담겨 있는 라뮈엘의 접시 위에 머물렀다.

「내가 무슨 생각을 하는지 아시오?」 매그레는 친근한 어조로 불쑥 말했다. 「내 생각으론, 라뮈엘, 당신은 참 운이 없는 사람인 것 같소. 당신을 처음 봤을 때부터 그렇게 느꼈다오. 세상엔 그런 사람들이 있지. 하는 일마다 안되는 사람⋯⋯. 그런데 보면, 또 그런 사람들이 가장 고약한 질병이나 장애에 시달리더라고⋯⋯.」

「그런 말씀 마세요. 이 인간은 자기 더러운 성질을 변호하기 위해 반장님 말씀을 이용해 먹을 거라고요.」 마리 들리자르는 웨이터가 가져온 새 마요네즈를 킁킁대며 말했다.

「당신처럼 똑똑하고, 배웠고, 부지런히 일하는 사람이라면⋯⋯」 반장은 말을 이었다. 「재산이 지금보다 열 배는 되어야 마땅해요. 그런데 당신에겐 참 이상한 점이 하나 있단 말이야. 당신은 성공 일보 직전까지 올라간 게 한두 번이 아니에요. 조금만 더 있으면 괜찮은 팔자가 될 수 있는, 그런 위치에까지 올라가지. 우선 카이로에서⋯⋯ 그다음엔 에콰도르에서도⋯⋯. 그런데 매번 당신은 그렇게 쑥 올라갔다가는 이내 원위치로 떨어져 버린 단 말이야. 어떤 은행에서 제법 번듯한 자리를 하나 따낸다? 그럼 마치 우연인 듯 당신은 어떤 썩어 빠진 은행가, 예를 들면 아툼 같은 인간에게 걸려 버려서, 결국 다시 짐을 쌀 수밖에 없게 되는 거라……」

그들 주위에서 식사 중인 사람들은 이 대화가 어떤 방향으로 흐르게 될지 전혀 짐작 못 하고 있었다. 매그레가 명랑하면서도 친근한 어조로 얘기하며 자신의 먹음직스러운 스테이크를 공격하기 시작했을 때, 뤼카는 자신의 접시에 코를 박고 있었고, 라뮈엘도 자신의 파스타에 몰두해 있는 것처럼 보였다.

「사실 난 당신을 이곳 몽파르나스 거리에서 만나게 될 줄은 꿈에도 생각 못 했어요. 왜냐면 당신은 벌써 브뤼셀 행 기차 안에 있을 거라고 생각했었거든……」

라뮈엘은 꿈쩍도 하지 않았지만, 그의 안색은 더욱 누레졌고 포크를 쥔 손은 꼭 오므라들었다. 꽥 소리를 지른 것은 그의 동반자였다.

「엥……? 뭐……? 당신, 나한테 아무 말도 없이 브뤼셀로 가려 했었다고……? 장, 이게 대체 무슨 소리지? 또 어떤 년이 생긴 거야? 엉?」

그러자 매그레는 사람 좋은 얼굴로,

「오, 부인, 이건 여자 문제가 아니라고 내가 분명히 말

쏟드릴 수 있어요. 걱정 안 하셔도 됩니다! 하지만 부인의 남편께서는…… 그러니까 부인의 남친께서는…….」

「내 남편이라고 하셔도 돼요……. 저 인간이 반장님에게 이 문제에 대해 어떻게 얘기했는지 모르겠지만, 우리는 분명히 결혼했어요. 그 증거는…….」

그녀는 흥분된 손으로 핸드백을 뒤져, 조그맣게 접혀 누렇게 변색되고 온통 훼손되어 있는 종이쪽지 하나를 꺼냈다.

「자, 보세요! 우리의 결혼 증명서예요!」

서식은 스페인어로 적혀 있었고, 에콰도르 공화국의 각종 인지며 인장 등이 잔뜩 붙고 찍혀 있었다.

「장, 대답하라고! 브뤼셀엔 뭐 하러 가려 했어?」

「하지만…… 난 전혀 그럴 의도가…….」

「에이, 라뮈엘 씨…… 미안해요…… 이거, 내가 부부 싸움을 일으키고 싶진 않은데……. 어쨌든 당신이 은행 예치금의 거의 대부분을 인출해서, 브뤼셀에 가서 찾을 수 있는 28만 프랑짜리 수표를 만들어 달라고 요청했다는 사실을 알게 됐을 때…….」

매그레는 금방이라도 터질 것 같은 미소를 감추기 위해 서둘러 바삭바삭한 감자튀김을 한입 가득 집어넣어야 했다. 테이블 아래에서 누군가의 발이, 즉 라뮈엘의 발이 그의 발을 툭툭 치며 제발 말하지 말아 달라고 애원했던 것이다.

　하지만 너무 늦어 버렸다. 자신의 바닷가재를 잊어버리고, 또 주위에 10여 명의 다른 손님들이 있다는 사실을 잊어버리고 마리 들리자르, 아니 아까 그 종이 쪼가리가 진짜라면 마리 라뷔엘이라고 해야 더 옳겠지만, 아무튼 마리 들리자르는 길길이 날뛰기 시작했다.

　「지금 28만 프랑이라고 했나요……? 그래, 은행에다 28만 프랑이나 쟁여 놓은 인간이 나한테는 꼭 필요한 돈도 안 줘?」

　매그레의 시선은 바닷가재와 반병에 25프랑 하는 리슬링 포도주 쪽으로 향했다.

　「장, 대답해 봐! 정말이야?」

　「난 반장님이 무슨 말씀을 하시는 건지 전혀 모르겠어…….」

　「당신에게 은행 계좌가 있어?」

　「분명히 얘기하는데, 난 은행 계좌 따위는 없고, 만일 내게 28만 프랑이라는 돈이 있다면…….」

　「그렇다면 반장님, 반장님 얘기는 또 뭐죠?」

　「이런 상태가 되게 해서 정말 죄송합니다, 부인……. 난 부인께선 이미 알고 계시고, 남편분께선 아무것도 숨긴 게 없다고 생각해서 그만…….」

　「오라! 이제 알겠다!」

「뭘 아셨나요?」

「얼마 전부터 이 인간의 태도가 바뀌었어요. 너무 부드
러웠어요. 항상 굽실굽실하고……. 하지만 뭔가 자연스
럽지 않다고 느껴졌죠. 결국, 이 짓을 준비하고 있었던 거
예요!」

옆자리 손님들은 미소를 지으며 돌아보았다. 그들의
이야기 소리가 세 좌석 너머에서까지 들렸던 것이다.

「마리……!」 라뮈엘이 애원했다.

「그래, 그렇게 넌 뒷구멍으로 돈을 불리고 있으면서
나한테는 그렇게 짜게 굴면서 떠날 준비를 하고 있었
군……. 어느 날 갑자기, 온데간데없이 뿅 하고 사라질 작
정이었겠지……! 어쩌면 집세도 안 냈을 집에다 나만 혼
자 남겨 놓고서! 이것 봐, 어림도 없다고! 벌써 두 번이나
넌 날 요런 식으로 떨쳐 버리려고 했지만, 잘 알다시피 한
번도 성공 못 했지……. 확실해요, 반장님? 이 일에 여자가
끼어 있지 않다는 거?」

「저 반장님! 우리 이 대화를 다른 곳에서 계속하는 게
낫지 않을까요?」

「오, 안 돼요, 안 돼…….」 매그레는 한숨을 쉬었다. 「게
다가…… 내가 지금 저게…… 어이, 웨이터!」

그는 웨이터가 테이블 사이로 밀고 다니는, 그 위에 둥
그런 뚜껑이 덮여 있는 은제 서빙 테이블을 가리켰다.

「그 속에 뭐가 들어 있소?」

「립 스테이크입니다.」

「아, 그럼 내게 한 조각 주시오! 뤼카, 자네도 립 스테이크 조금 먹어 보지 않겠나……? 그리고 웨이터, 감자튀김도 좀 가져오고…….」

「이 다 시들어 빠진 바닷가재는 가져가 버려요!」 라뮈엘의 여자가 끼어들었다. 「그리고 반장님이 주문한 것과 같은 것을 줘요……. 자, 그러니까 이 더러운 자식이 나 몰래 돈을 꼬불쳐서는…….」

그녀는 너무도 열이 뻗친 나머지 다시 화장을 고치지 않으면 안 되었다. 미심쩍어 보이는 가루가 잔뜩 묻은 퍼프를 식탁보 위로 털듯이 흔들어 대면서…….

이어 테이블 아래로 예상 밖의 움직임들이 감지되었다. 라뮈엘이 제발 입 좀 다물고 있으라는 뜻으로 발로 툭툭 치자, 지금 제정신이 아닌 그녀는 뒷굽으로 맹렬히 찔러 대며 응수했던 것이다.

「내가 가만있을 줄 알아, 이 더러운 사기꾼아? 조금만 기다려, 내가 이따가…….」

「조금 있다가 다 설명해 줄게……. 난 왜 반장님이 그렇게 생각하시는지 도무지 모르겠다고…….」

「그런데 반장님 말씀이 확실한가요? 왜냐면 난 당신네 경찰 쪽 사람들을 잘 알거든요. 당신네는 아무것도 알아내지 못하여 헤매게 되면, 사람들을 불게 하려고 제멋대로 이야기를 꾸며 내곤 하죠. 설마 그런 건 아니겠죠?」

매그레는 손목시계를 들여다보았다. 저녁 9시 반이었다. 그는 뤼카에게 살짝 윙크를 했고, 뤼카는 가벼운 헛기침으로 화답했다. 그러고 나서 매그레는 어떤 은밀한 이야기라도 털어놓으려는 듯이 라뮈엘과 그의 여자 쪽으로 지긋이 몸을 기울였다.

「꼼짝 마시오, 라뮈엘…… 아무 소용없으니 소란 피울 생각은 마시고…… 당신 오른쪽에 앉아 있는 저이는 우리 쪽 사람이오…… 또 여기 계신 우리 뤼카 경사는 오늘 오후부터 당신을 따라다녔고, 당신이 여기 있다고 전화도 해줬지……」

「이게 대체 무슨 얘기죠?」 마리 들리자르가 더듬거리며 물었다.

「이게 무슨 얘기냐면, 내가 부인의 식사를 마저 끝내게 해주고 싶다는 얘기입니다…… 내가 부인의 남편분을 부득이하게 체포하게 됐는데 말이죠, 우린 이걸 점잖게 처리하고 싶어요. 그편이 모든 사람을 위해 나을 테니까…… 자, 어서 식사를 끝내세요…… 잠시 후에 우린 좋은 친구들처럼 함께 여기를 나갈 겁니다. 나가서 택시를 타고 오르페브르 강변로까지 드라이브를 할 거예요. 밤에 거기 사무실들이 얼마나 조용한지 아마 상상 못 하실 거예요……. 웨이터, 여기 겨자 소스 좀 가져다줘요! 혹시 오이 피클도 있으면 좀 주고…….」

그녀의 이마에 굵은 주름이 한 가닥 잡혔다. 그녀의 얼굴을 더 예쁘게 만들어 주지도, 더 상냥한 인상으로 바꿔 주지도 못하는 그 주름을 달고서 마리 들리자르는 사납게 음식을 퍼먹으며 이따금 남편에게 끔찍한 시선을 던졌다. 매그레는 맥주를 세 잔째 주문한 다음, 다시금 라뮈엘에게로 몸을 지긋이 기울이고는 숨겨 뒀던 이야기를 조금씩 들려주었다.

「그런데 말이오, 오늘 오후 4시경에, 당신이 과거에 특무 상사였다는 생각이 갑자기 떠올랐다오…….」

「항상 나한테는 자기가 소위였다고 말했었잖아!」 반장의 말을 한마디도 놓치지 않는 그 불쾌한 여자는 이를 갈 듯 으르렁댔다.

「부인, 특무 상사만 해도 꽤 괜찮은 겁니다! 중대의 필기 업무를 도맡아서 하는 게 바로 특무 상사죠……. 자, 그래서 난 내 군 복무 시절도 기억하게 된 거요. 당신도 짐작하시겠지만 아주 오래전의 일이지만…….」

이렇게 말하면서도 반장은 여전히 감자튀김을 너무나도 맛나게 음미하고 있었다. 겉은 바삭바삭하면서도 속은 살살 녹는 것이, 정말이지 기가 막힌 맛이었다!

「당시 우리 대위님이 병영에 들르는 일이 아주 드물었

기 때문에, 휴가 허가증을 비롯하여 모든 서류에 서명하는 건 특무 상사의 몫이었지. 물론 대위님 이름으로 서명하는 거였지만……. 그런데 그 모사한 서명이 얼마나 감쪽같은지 대위님조차 자신이 쓴 것과 특무 상사가 쓴 것을 구별할 수 없을 정도였어……. 자, 라뮈엘, 이걸 어떻게 생각하시오?」

「무슨 말씀인지 이해가 잘……. 그리고 반장님은 정식 영장 없이 절 체포할 생각은 없으시리라 생각하기 때문에, 제가 알고 싶은 것은…….」

「그렇다면 난 검찰국의 경제과에서 영장을 얻어 왔다는 사실을 알려 드리지……. 왜, 놀랐소? 하지만 종종 있는 일이지. 어떤 사건을 맡아서 조사하다 보면, 뜻밖에도 또 다른 사건을 발견하게 된다오. 여러 해 전에 일어났고, 지금은 모두가 잊어버린 그런 사건을……. 지금 내 호주머니 안에는 이름이 아툼이라고 하는 자가 내게 건네준 어떤 어음 몇 장이 들어 있소……. 왜, 그만 드시려고……? 부인, 디저트는 안 드세요……? 어이, 웨이터……! 자, 각자가 먹은 것은 각자가 치르는 거죠……? 웨이터, 내가 낼 게 얼마요……? 내가 먹은 건 스테이크 하나, 서빙 테이블에서 꺼낸 거 그거 뭐지…… 오, 그래, 립 스테이크 하나, 감자튀김 세 개, 그리고 맥주 석 잔이야……. 뤼카, 자네 불 좀 있나?」

11

수사국의 갈라 파티

여전히 어둑한 정문, 그다음에는 희미한 전구 하나가 깜빡거리는 널찍한 층계, 그리고 마침내 수많은 문들이 이어지는 거대한 복도.

매그레는 숨이 차 헐떡이는 마리 들리자르에게 부드럽게 말했다.

「부인, 다 왔어요…… 이제 숨을 좀 고르세요…….」

복도에는 달랑 전등 하나가 켜져 있고, 두 남자가 대화를 나누며 성큼성큼 걸어오고 있다. 바로 오즈월드 J. 클라크와 그의 솔리시터였다.

이 복도 끝까지 가면 대기실이 있다. 대기실 한 면은 유리로 이루어져 있어, 경찰관들이 필요한 경우에 방문객들을 바깥에서 관찰할 수 있게 되어 있다. 녹색 천이 깔린 탁자 하나.

녹색 벨벳으로 덮인 안락의자들. 벽난로 위에는 매그

레의 사무실에 있는 것과 똑같이 생겼고, 그것처럼 움직임을 멈춘 루이 필리프풍의 괘종시계 하나. 벽에는 순직 경찰관 사진이 든 검은 액자들.

어둑한 한쪽 구석에 놓인 안락의자들에는 두 여자, 샤를로트와 지지가 앉아 있다.

복도의 벤치에는 프로스페르 동주가 보인다. 여전히 넥타이와 구두끈이 없는 상태로 두 군경 사이에 앉아 있다.

「이쪽으로, 라뮈엘……! 여기가 내 사무실이니 들어오시오. 부인께선 괜찮으시다면 잠시 대기실에 가 있으시고……. 뤼카, 안내해 드리겠나?」

그는 사무실 문을 열었다. 그러면서 대기실에서 마주하게 될 세 여자를 생각하고는 빙그레 미소를 지었다. 서로 불안에 찬, 혹은 독기 어린 시선을 교환하며 앉아 있으리라.

「들어오시오, 라뮈엘……! 우리가 이곳에 잠시 있어야 할 것 같으니까, 그 외투는 벗는 게 나을 거요.」

탁자 위에 녹색 갓등의 스탠드 하나. 매그레는 외투와 모자를 벗고, 책상 위에서 파이프를 하나 골라잡은 다음, 형사들이 쓰는 사무실 문을 열었다.

거기에도 사람들이 있었다. 평소에는 밤이면 텅 비는 수사국 전체가 이처럼 사람들로 채워져 있으니, 마치 이 일을 위해 일부러 꾸며 놓은 듯한 느낌마저 들었다. 토랑스는 펠트 모자를 쓰고 책상 위에 앉아 있었다. 담배를 피우고 있는 그의 앞에는 지저분한 수염을 단 작달막한 늙은이 하나가 의자에 앉아서 고무를 댄 자신의 신발을 뚫어지게 응시하고 있었다.

장비에 형사도 보였다. 그는 잠시의 짬을 이용하여 보고서를 작성하면서, 한 눈으로는 전직 부사관처럼 보이는 중년의 사내 하나를 감시하고 있었다.

「당신이 수위요?」 그 중년 사내에게 매그레가 물었다. 「잠깐 이리 좀 오시겠소?」

매그레는 그를 먼저 들어가게 했다. 챙 모자를 벗어 손에 든 사내는 불빛에서 가급적 멀리 떨어져 있으려 하는 라뮈엘을 처음에는 보지 못했다.

「당신이 레오뮈르가 117번지 건물의 수위 맞죠? 언젠가 프로스페르 동주라는 이름의 사내가 그 건물 사무실들 중 하나를 임대했고, 그 이후로 당신은 그의 편지들을 그에게 전달해 줬소…… 자, 여길 한번 보시오……. 이 사람이 동주 맞소?」

수위는 라뮈엘이 서 있는 구석으로 몸을 돌리고는, 고개를 끄덕거리며 주절주절 늘어놨다.

「음…… 어…… 솔직히…… 아뇨! 분명히 맞는다고는 말씀 못 드리겠네요……. 드나드는 사람들이 하도 많아서…… 그리고 벌써 3년 전 일이잖습니까……? 이게 맞는 건지 모르겠는데, 어렴풋한 기억으로 그는 수염을 길렀던 것 같아요……. 아니, 수염 기른 양반은 다른 사람이었던가……?」

「고맙소…… 이제 가봐도 되오……. 이쪽으로…….」

자, 하나는 됐고! 매그레는 다시 문을 열고 소리쳤다.

「젬 씨……! 뭐, 당신 이름이 뭔지는 잘 모르겠고…… 어쨌든 젬 씨, 들어오시오……. 내가 알고 싶은 것은…….」

이번에는 그의 답변을 들을 필요조차 없었다. 조그만 늙은이는 라뮈엘을 보고 부르르 몸을 떨었던 것이다.

「자, 그래서?」

「뭐가 그래서요?」

「이 사람 알겠냐고.」

늙은이는 벌컥 화를 냈다.

「이제 내가 법원에 가서 증언해야 한단 이 말씀이지? 분명히 날 증인실에 2~3일 가둬 놓을 텐데, 그동안 내 가게는 누가 보지? 또 증언대에 서면 내게 온갖 곤란한 질문들을 해대고, 변호사 놈들은 이것저것 떠들어 대어 내 얼굴에 똥칠을 해놓을 거라……. 정말로 고맙기 그지없소, 반장 양반!」

그러다 갑자기 물었다.

「그런데 저이가 무슨 짓을 했소?」

「여러 가지 많은 짓들을 했지만, 우선 두 사람을 살해

했소. 남자 하나와 여자 하나…… 여자는 돈 많은 미국인
이고.」

「혹시 보상금이 있소?」

「있지, 상당한 금액의…….」

「그렇다면 이렇게 받아쓰시구려……. 〈하단에 서명한
상업인 장바티스트 이자크 메예르는…….〉 근데 보상금
을 나눠 먹을 사람이 많소? 왜냐면 난 이게 어떤 식으로
진행되는지 잘 알거든……. 경찰은 처음엔 감언이설을 늘
어놓는데…… 나중에 가서는…….」

「자, 이렇게 쓰겠소. 〈……본인에게 제시된 인물이 J.
M. D.라는 이니셜로 본인의 우편물 관리 대행사에 가입
한 자인 장 라뮈엘임을 정식으로 인정합니다.〉 자, 이게
맞소, 메예르 씨?」

「서명은 어디에다 해야 하오?」

「잠깐! 덧붙일 말이 있소. 〈……또한 이자는 ○○년 △
△월 ××일에 마지막으로 편지를 수거하러 왔습니다.〉
자, 이제 서명하셔도 되오……. 그런데 메예르 씨, 당신
참 약아빠진 영감이구먼! 당신은 이 사건이 일종의 광고
가 되어, 이런 종류의 사설 우체국에 대해 잘 모르고 있던
사람들이 당신 가게로 몰려오리라는 걸 잘 알고 있는 거
지……. 토랑스! 메예르 씨는 이제 보내 드려도 돼!」

다시 문이 닫히자, 반장은 그 역겨운 노인이 작성한 진

술서를 흡족한 표정으로 다시 읽어 내려갔다. 이때, 어떤 목소리가 그를 깜짝 놀라게 했다. 탁자 위의 스탠드 하나만이 사무실을 밝히고 있는 탓으로 어둑하게 남아 있는 부분에서 그 목소리가 튀어나왔기 때문이다.

「반장, 난 항의하오! 왜냐면…….」

그러자 매그레는 잊고 있던 무언가가 문득 생각난 것 같은 표정을 지었다. 그는 우선 크림색 무명 블라인드부터 아래로 내렸다. 그런 다음에 자신의 두 손을 내려다봤다. 그것은 겪어 본 이가 거의 없는 매그레, 겪어 봤다 하더라도 그걸 자랑할 생각은 별로 들지 않을 그런 매그레였다.

「어이, 라뮈엘, 이리 와봐……! 이리 와보라고 하잖아……! 어서……! 너무 겁내지 말고……!」

「도대체 무슨……?」

「나 말이야, 내가 진실을 발견한 이후로 이걸 얼마나 하고 싶었는지…….」

그 순간 매그레의 주먹이 번개처럼 튀어나와 회계사의 코를 덮쳤고, 회계사가 황급히 두 손을 올려 봤지만 너무 늦은 뒤였다.

「자……! 물론 이게 매우 합법적인 행동은 아니겠지만, 속 시원하니까 상관없어! 내일, 판사님은 널 아주 정중하게 심문해 줄 거고, 모든 사람이 널 점잖게 대해 줄 거야. 왜냐면 넌 중죄 재판소의 스타가 될 테니까……. 그 양반들은 스타라면 깜빡 죽거든……. 무슨 말인지 알겠나……? 자, 저 벽장문 뒤에 물이 나오는 수반이 있어. 냉큼 가서 씻어! 그런 꼬락서니는 보기만 해도 구역질이 나니까!」

라뮈엘은 피범벅이 된 얼굴을 대충 닦았다.

「어디 한번 볼까……? 좀 낫네그려……! 그 정도면 손님들을 맞아도 되겠어……. 토랑스……! 뤼카……! 장비에……! 자, 제군, 뭐 하나! 신사 숙녀분들을 모두 모셔 오라고!」

그의 동료들조차도 사뭇 놀랐다. 아무리 힘든 수사 하나를 마친 후라고는 하지만, 지금 그는 평소보다 훨씬 흥분된 상태였던 것이다. 그는 새 파이프에 불을 붙였다. 맨 처음 들어온 사람은 두 군경 사이에 낀 동주로, 수갑 찬 두 손을 앞으로 어색하게 쳐들고 있었다.

「자네, 열쇠 있나?」 매그레가 군경 중 하나에게 물었다.

그는 열쇠를 돌렸고, 곧이어 수갑은 라뮈엘의 손목에 철커덕 채워졌다. 동주는 그런 라뮈엘의 모습을 코믹하기까지 한 표정으로 멍하니 바라봤고…….

그때서야 반장은 동주에게 넥타이도, 구두끈도 없는 것을 보았고, 라뮈엘에게서도 구두끈과 검정 실크로 된 조그만 나비넥타이를 압수하라고 지시했다.

「자, 들어오세요, 숙녀분들…… 자, 클라크 씨도 들어오시고……. 그래요, 물론 우리말을 알아듣지 못하시겠지만…… 같이 오신 데이비드슨 씨가 통역해 주실 겁니다……. 자, 모두에게 의자가 하나씩 있나요……? 아, 그래요, 샤를로트! 프로스페르 옆에 앉아도 돼요. 다만 지금은 눈물을 조금 자제해 주고…….

자, 빠진 사람 없죠……? 토랑스, 문을 좀 닫아 줘!」

「저 인간이 무슨 짓을 했죠?」 라뮈엘 부인이 쉰 목소리로 물었다.

「부인도 앉아 주세요! 난 서 있는 사람들에게 말하는 건 질색이거든……. 아냐, 뤼카……! 천장 등을 켤 필요는 없어. 이런 분위기가 내밀하고 더 좋으니까……. 저 사람이 무슨 짓을 했냐고……? 평생 해온 짓을 또 한 거죠, 뭐. 바로 위조 말입니다……. 자, 내 장담하는데, 저 사람이 부인과 결혼하고, 또 부인처럼 성질 고약한 분과 — 이런 표현을 쓴다고 해서 결코 부인을 무시하는 건 아니에요 — 그토록 오래도록 살아온 것은, 부인이 그의 약점을 쥐고 있었기 때문이지요. 왜냐면 부인께선 그가 과야킬에서 무슨 짓들을 했는지 훤히 알고 계시니까……. 거기에다 전보를 한 통 띄웠고, 런던의 본사에도 한 통 보냈어요. 어떤 답변이 올지는 안 봐도 뻔하지만…….」

그러자 무시무시한 마리의 목소리가 터져 나왔다.

「장, 당신 아무 말 안 해……? 그렇다면 브뤼셀에다 28만 프랑을 꼬불쳐 놨다는 얘기가 사실인 거야?」

그녀는 상자에서 튀어나오는 악마처럼 벌떡 일어섰다. 그러고는 그를 향해 달려들었다.

「이 악당! 도둑놈! 개자식! 네놈이 어떻게 그럴 수가……」

「진정하세요, 부인……. 사실은 그가 당신에게 아무 말도 안 하는 편이 훨씬 나았어요. 왜냐면 만일 사실을 털어났다면 난 부인을 공범으로 체포하지 않을 수 없으니까요. 단지 문서 위조 혐의뿐 아니라, 이중 살인 혐의로도……」

이때부터 거의 익살스럽기까지 한 어떤 소리가 끊임없이 솟아올랐다. 클라크는 매그레에게서 눈을 떼지 않은 채, 솔리시터 쪽으로 연방 고개를 기울이면서 영어로 뭐라고 몇 마디 지껄이기를 반복하는 거였다. 반장은 매번 그쪽으로 시선을 돌렸고, 결국 이 미국 사람이 영어로 말하는 것은 다른 게 아니라 〈지금 뭐라고 하는 거죠?〉라는 것을 확신하게 되었다.

어쨌거나 매그레는 말을 이어 갔다.

「그리고 우리 가련한 샤를로트, 난 당신에게 고백할 게 하나 있소. 어쩌면 프로스페르가 당신과 함께 보낸 마지막 밤에 벌써 얘기해 줬을지 모르겠지만……. 그의 마음이 치유되었다고 믿고서 당신이 그에게 미미의 편지와 아이에 대해 얘기해 주었을 때, 사실 그는 전혀 치유된 상태가 아니었다오……. 그는 당신에겐 아무 말도 하지 않았지만, 얼마 지나지 않아서 그는 편지를 썼어요. 그의 커피 준비실에서, 라뮈엘의 설명에 따르면 〈휴식 시간〉이라는 오후 3시경에 자신의 전 애인에게 장문의 편지를 썼죠……. 동주, 그때 일을 기억하오? 기억나는 부분이 하나도 없소?」

동주는 어떻게 대답해야 할지 알 수 없었다. 지금의 상황을 전혀 이해하지 못하는 그는 그 청록색의 커다란 눈망울로 주위를 둘러보기만 했다.

「반장님, 지금 무슨 말씀을 하시는 건지 잘 모르겠습니다…….」

「그때 편지를 몇 통이나 썼소?」

「세 통요…….」

「그 세 번 중에서 적어도 한 번쯤, 전화가 걸려 와 방해받은 일이 있지 않소? 다음 날의 음료 재료를 받으러 관리부장에게 불려 간 적이 있지 않았소?」

「그럴 수도 있어요……. 네…… 아니, 그럴 가능성이 커요…….」

「그리고 당신의 편지는 당신의 탁자 위, 라뮈엘의 유리방 바로 맞은편에 놓여 있었지…… 박복한 라뮈엘의……!

평생을 부지런히 위조를 해왔지만 팔자는 고치지 못한 라뮈엘의 맞은편에 말이오……. 동주, 편지 부치는 일은 누구에게 맡겼소?」

「벨보이오…… 그는 편지를 가지고 우편함이 있는 로비 홀로 올라갔어요.」

「그래서 라뮈엘은 그것들을 쉽사리 가로챌 수 있었던 거지. 그리고 미미는…… 클라크 씨, 죄송합니다. 하지만 우리에게 그분은 여전히 미미이기 때문에……. 자, 어쨌든 이 디트로이트의 미시즈 클라크는 전 애인으로부터 편지를 몇 장 — 이것들은 주로 아들 얘기를 했지요 — 받은 후, 보다 위협적인 내용으로 변한 다른 편지들을 받게 됐어요. 글씨체도 똑같고 여전히 동주의 서명이 적혀 있었지만, 돈을 요구하고 있었죠. 갑자기 변한 동주는 자기가 입을 다무는 대가를 받아야겠다고 나선 거지요…….」

「아아, 반장님……!」 프로스페르가 외쳤다.

「당신은 조용히 해요! 그리고 제발 정신 차리고 내 얘기를 잘 들어 보라고! 왜냐면 정말로 이건 아주 복잡한 작업이란 말이야……. 그리고 라뮈엘이 지지리도 운 없는 인간이라는 또 하나의 증거이기도 하지……. 그는 우선 미미에게 당신 주소가 바뀌었다고 알리는 편지를 써야 했소. 그건 어렵지 않았지. 왜냐면 당신의 그전 편지들은 당신이 샤를로트와 새로 시작한 삶에 대해 별로 말이 없었으니까……. 그렇게 라뮈엘은 프로스페르 동주 명의로 임대한 레오뮈르가의 사무실 주소를 미미에게 알려 준 거요.」

「하지만…….」

「사무실을 빌리기 위해서는 신분증이 필요 없었고, 당신 이름으로 온 편지도 다 찾아갈 수 있었소. 하지만 불행히도 미미가 보낸 수표는 프로스페르 동주 명의로 되어 있는데, 은행은 정식 신분증을 요구하는 거라…….

하지만 라뮈엘은 이 분야에선 거의 예술가 수준이라는 점을 다시 한번 강조하고 싶소. 다만 내가 그의 수법을 발견하기 위해선, 당신에겐 30분 내지 45분 정도의 휴식 시간이 있었고, 그 휴식 시간을 이용해서 편지를 쓰곤 했었다는 사실을 알아야만 했지. 커피 준비실에서, 그의 유리방 맞은편에서, 말하자면 바로 그의 눈 밑에서 말이오.

그런데 어느 날 갑자기 당신은 은행에다 편지를 쓰게 되오. 당신의 계좌를 해지하고, 잔액을 정리하여 생클루의 집으로 보내 달라고 요청하는 편지였지.

하지만 크레디 리요네 은행에 도착한 것은 이 편지가 아니라 다른 편지였소. 라뮈엘이 쓴 거였지. 여전히 당신의 글씨체로 써진 이 편지는 주소 변경을 알리는 간단한 내용이었소. 이제부터 동주의 우편물은 모두 레오뮈르가 117번지 3호로 날아가게 된 거지.

라뮈엘은 은행에 수표를 보냈고…… 그 액수를 계좌에 입금하게 했고…… 당신이 생클루에서 받았다는 그 8백 몇 프랑에 대해 말하자면, 그건 라뮈엘 자신이 은행 명의로 하여 우편으로 보낸 거였소.

보다시피, 아주 치밀하게 꾸민 더러운 짓거리였지!

그게 얼마나 치밀했냐면, 레오뮈르가의 주소조차도 안심이 안 된 라뮈엘은 더욱 신중하게, 거기로 오는 우편물을 어느 사설 우체국 사서함으로 전달하게 한 거지. 요렇게 해놨으니, 그 누가 흔적을 찾을 수 있었겠소?

그런데 갑자기, 뜻밖의 사건이 일어났어. 미미가 난데없이 프랑스에 나타난 거야. 그것도 바로 마제스틱 호텔에……. 이제 동주가, 다시 말해서 진짜 동주가 언제라도 그녀와 마주칠 수 있는 일이었고, 그래서 동주가 자신은 결코 그녀를 협박한 적이 없다고 주장하게 된다면, 그리고…….」

샤를로트는 더 이상 견디지 못하고 울기 시작했다. 왜 우는지는 자신도 정확히 몰랐다. 그저 슬픈 소설을 읽거나 감상적인 영화를 볼 때처럼 눈물이 흘러나왔다. 지지가 그녀의 귀에 대고 속삭였다.

「시끄러워……! 시끄럽다고……!」

그리고 클라크는 여전히 자기 솔리시터에게 〈지금 무슨 말을 하는 거죠?〉라고 웅얼거리는 모양이었다.

「미시즈 클라크의 죽음에 대해 얘기하자면, 그것은 우발적인 사건이었소……. 호텔 숙박부에 접근할 수 있었던 라뮈엘은 그녀가 마제스틱 호텔에 묵고 있다는 사실을 알고 있었지. 동주는 모르고 있었고……. 그러다가 우연히 시종실에서 오가는 어떤 대화를 듣게 된 거요.

그는 그녀에게 편지를 썼지. 아침 6시에 만나자고 했소. 만나서 자기 아들을 달라고 눈물로 애원할 생각이었겠지. 만일 둘이 만났다면, 분명히 미미는 다시 한번 그를 구슬려 넘겼을 거라…….

그리고 자기가 상대해야 할 사람이 흉악한 협박범이라고 믿고는 권총까지 한 정 샀지만, 동주는 이 사실을 꿈에도 모르고 있었어.

라뮈엘은 불안했지. 그래서 마제스틱의 지하실을 떠나지 않았던 거요. 동주가 벨보이에게 맡긴 그 조그만 쪽지는 그가 미처 보지 못했고…….

그리고 일이 터진 거야……! 타이어가 펑크 나 동주는 15분 정도 지각했고……. 지하실 복도를 서성거리는 젊은 여인을 보게 된 라뮈엘은 지금 무슨 일이 일어나고 있는지 짐작했고, 그렇다면 자기가 한 짓이 모두 들통나게 되리라 생각한 거지…….

그는 그녀를 목 졸라 죽였어……. 시신을 로커에 밀어 넣었지…….

그는 곧바로 깨닫게 돼. 모든 정황은 동주에게 불리하게 작용할 거고, 자기는 의심받을 일이 조금도 없다는 것을.

보다 확실히 하고자, 그는 샤를로트의 글씨체로 익명 편지를 쓰지……. 샤를로트의 글씨를 어떻게 알았냐면, 커피 준비실의 서랍 안에 샤를로트가 보낸 쪽지가 여러 장 있었거든.

다시 한번 말하지만, 그는 예술가 수준의 전문가였어! 세밀화 화가라고나 할까……. 그는 공들여 썼지……! 그러다 그 불쌍한 쥐스탱 콜뵈프가 자신의 범행 장면을 목격했다는 사실을 알게 됐을 때…… 즉, 콜뵈프가 찾아와서는 자신은 양심상 경찰에 신고하지 않을 수 없다고 선언했을 때, 그는 또다시 범행을 저지른 거야……. 어렵지 않은 일이었고, 동주에게 전가하기도 쉬운 일이었지.

자, 이게 전부요……. 토랑스……! 이 못된 놈이 다시 코피가 흐르는 모양인데 적신 수건을 한 장 건네주게……. 이자는 조금 아까 미끄러져서는 탁자 모서리에 얼굴을 부딪혔다오.

라뮈엘, 하고 싶은 말이라도 있나?」

침묵. 미국인만이 여전히 묻고 있었다.

「지금 뭐라고 하는 거죠?」

「그리고 부인…… 가만있어 보자, 당신을 어떻게 불러야 할까? 마리 들리자르……? 라뮈엘 부인……?」

「마리 들리자르가 낫겠어요.」

「나도 그렇게 생각했소……. 만일 그가 당신을 떠날 궁리를 하고 있다고 의심하셨다면, 그건 틀린 게 아니었소……. 아마 은행 예치금이 충분히 통통해지기만을 기다리고 있었겠지……. 잘했으면 그는 혼자서 외국에 나가 간을 치료하며 살 수 있었을 텐데 말이야……. 바가지 긁어 대는 당신과 멀리 떨어진 곳에서 편안하게…….」

「뭐예요?」

「오, 그렇다고 내가 부인을 무시하는 건 아닙니다! 부인을 무시하는 건 절대 아니에요…….」

그러고는 갑자기,

「어이, 군경! 이자를 구치소로 데려가게! 내일쯤이면 우리 보노 수사 판사님께서 영장에 서명해 주시겠지. 그러면…….」

한쪽 구석에 왜가리처럼 길고 가느다란 두 다리로 버티고 선 지지는 아마도 너무도 흥분하여 마약이 필요해진 모양으로, 현기증에 사로잡혀 상처 입은 새처럼 콧구멍이 벌렁거렸다.

「저, 반장님…….」

솔리시터였다. 그의 뒤에는 클라크가 있었다.

「제 고객이 한번 만나서 의논하고 싶어 하십니다. 반장님과 동주 씨, 그리고 클라크 씨, 이렇게 셋이서, 제 사무실에서 가급적 빨리요. 의논 주제는…… 바로 아이인 데……」

「프로스페르, 들었어?」지지가 구석에서 의기양양하게 외쳤다.

「내일 오전, 괜찮으시겠습니까……? 동주 씨도 내일 아침에 시간이 되시나요?」

하지만 동주는 대답하지 못했다. 갑자기 무너져 내린 것이다. 샤를로트의 그 풍만한 가슴에 몸을 던지더니만 울고 또 울었다. 흔히 하는 말로 몸의 눈물이 다 마르도록 울었다. 그런 그를 샤를로트는 약간 거북한 표정으로 마치 어린아이 달래듯 토닥여 주었다.

「좀 진정해, 프로스페르! 그래, 우리 둘이서 개를 키울 거야……! 프랑스어도 가르쳐 줄 거고……. 그래, 우리 가……」

도대체 영문 모를 일이었지만, 매그레는 자기 책상 서랍들을 하나하나 다 열어 보고 있었다. 최근에 행한 어떤 가택 수색 중에 압수한 조그만 봉지들을 그 서랍 중 하나에 쑤셔 넣었던 사실이 떠올랐던 것이다. 그는 봉지 하나를 집었고, 잠시 망설이더니 어깨를 으쓱했다.

그러고는 지지가 거의 쓰러지기 직전의 상태에 있는 것을 보고는 그 옆으로 갔다. 그의 손이 슬며시 그녀의 손을 스쳤다.

「자, 여러분, 벌써 새벽 1시입니다……. 이제 괜찮으시다면…….」

「지금 무슨 말을 하는 거죠?」 오늘 처음으로 프랑스 경찰의 진면목을 본 클라크는 다시 이렇게 묻고 있는 모양이었다.

다음 날 아침, 자미네라는 이름의 마권업자가 브뤼셀의 소시에테 제네랄 은행에 28만 프랑짜리 수표를 들고 나타났다는 소식이 들려왔다.

자미네는 이 수표를 라뮈엘로부터 항공 우편으로 받았으며, 과거 그의 밑에서 하사로 군 복무를 한 적이 있다고 한다.

그럼에도 불구하고 라뮈엘은 끝까지 범행을 부인했다.

그리고 평생 박복하기만 하던 그가 마침내 약간의 행운을 얻게 되었다. 왜냐면 그의 형편없는 몸 상태 덕분에 — 최종 공판 중에 그는 세 차례나 기절했다 — 사형이 종신 노역형으로 감형될 수 있었기 때문이다.

옮긴이의 말

조르주 심농에게 세계적인 명성을 안겨 준 것은 뭐니 뭐니 해도 총 75권인 매그레 시리즈라 할 것이다. 이 일흔 다섯 권의 소설들은 1931년부터 그가 고희를 눈앞에 둔 1972년까지 40여 년 동안 한 해도 거르지 않고 고른 리듬 으로 발표되었지만, 두 차례의 예외가 있었다. 한 번은 1945년에서 1946년까지 2년 동안이고, 다른 한 번은 『매 그레*Maigret*』가 출간된 1934년부터 1942년까지의 비교 적 긴 시기로, 이 8년 동안 심농은 매그레가 등장하지 않 는 다른 소설들에 집중했다. 1931년에서 1934년까지 3년 동안 괴물 같은 필력으로 매그레 시리즈를 무려 열아홉 권이나 쏟아 낸 심농은 부와 명성을 얻기 위한 대중 소설 쓰기는 이로써 충분했다고 생각했는지, 그의 진정한 야심 인 〈본격 문학〉을 위해 시리즈를 『매그레』로 종결했던 것 이다(이 작품에서 매그레는 2년 전에 경찰에서 은퇴한 노인으로 등장한다). 그러고 나서 8년 후인 1942년에 이르러서야 작품집 『매그레 돌아오다*Maigret revient*』로 독자들에게 돌아온 것인데, 『마제스틱 호텔의 지하*Les Caves du Majestic*』는 이미 1939년 12월에 집필되어 1940년 4월에서 10월에 걸쳐 주간지 『마리안』에 연재되었다가 『판사의 집*La Maison du juge*』과 『세실은 죽었다*Cécile est morte*』와 한데 묶여 발표된 작품이다.*

따라서 『마제스틱 호텔의 지하』는 매그레 시리즈의 컴백 작품이라 할 수 있는데, 야심적인 컴백답게 심농의 소설가로서의 솜씨가 8년의 공백기 동안(정확히는 5년이겠지만) 한층 세련되고 원숙해졌음을 확인할 수 있다. 깔끔한 구성, 다채로운 캐릭터들, 탁월한 분위기 묘사, 그리고 가슴 찡한 감동까지…… 특히나 동주가 자전거로 달리는 불로뉴 숲에서부터 샹젤리제 거리까지의 아침 공기는 그 축축한 습기가 볼에 와 닿는 듯이 생생하고, 특급 호텔 마제스틱의 화려한 전면과 음식 냄새, 서민들의 땀 냄새 가득한 지하실의 묘사는 그대로 하나하나 영화의 장면들이다…….

매그레 시리즈를 읽으면서 느끼는 것은 작품의 배경이

* 이번에 이 작품과 함께 한국어로 번역 출간된 『매그레와 벤치의 사나이*Maigret et l'Homme du banc*』는 원래 프랑스에서 1953년에 출간되었다.

거의 1세기 전의 파리이지만, 그 모습이 돈이라는 허깨비에 사로잡혀 울고 웃는 지금의 서울의 그것과 너무나도 닮았다는 것이며, 그런 점에서 심농의 이 소설들은 우리에게도 깊은 공감으로 다가올 수 있다고 생각한다. 여러 가지 사정으로 매그레 시리즈의 번역이 잠시 중단되었지만, 이 『마제스틱 호텔의 지하』의 출간을 계기로 시리즈 전체의 번역이 재개될 수 있기를 간절히 바란다.

2017년 7월
파주에서
임호경

『마제스틱 호텔의 지하』에 관하여

제목

Les Caves du Majestic

집필 시기

1939년 겨울

집필 장소

니외르쉬르메르

초판 인쇄일

1942년 10월 15일(단행본 출간 이전 1940년 4월부터 10월까지
『마리안*Marianne*』이라는 주간지에 연재됨)

초판 발행 출판사

Gallimard

초판 서지 정보

판형 11 × 19cm, 분량 525면(『매그레 돌아오다*Maigret revient*』
라는 제목으로 『마제스틱 호텔의 지하』, 『판사의 집*La Maison du
juge*』, 『세실이 죽었다*Cécile est morte*』의 합본)

작품 배경

파리, 칸

참조 사항

『매그레*Maigret*』가 출간된 이후 8년 만에, 제목 그대로 매그레 반장이 돌아왔음을 알리는 『매그레 돌아오다』가 출간되었다. 이 책은 『마제스틱 호텔의 지하』를 포함한 세 권의 합본이다. 파리의 특급 호텔에서 벌어진 살인 사건을 조사하면서, 매그레는 상류층 손님들과 그들을 둘러싼 분위기에 반감을 가지고 자신만의 방식으로 수사를 해나간다.

세계 주요 출간 현황

- 영어: *Maigret and the Hotel Majestic*(London: Hamish Hamilton, 1977) (영국)

  Maigret and the Hotel Majestic(New York: Harcourt Brace Jovanovich, 1978) (미국)

- 이탈리아어: *Maigret e il sergente maggiore*(Milano: A. Mondadori, 1960)

- 독일어: *Maigret im Luxushotel*(Köln: Kiepenheuer & Witsch, 1962)

영화 및 TV 드라마 각색

- Les Caves du Majestic (1945), 프랑스, 영화, Richard Pottier 감독, Albert Préjean 주연.
- The Cellars of the Majestic (1963), 영국, BBC, TV 드라마, Eric Tayler 감독, Rupert Davies 주연.
- Les Caves du Majestic (1987), 프랑스, Antenne 2, TV 드라마, Maurice Frydland 감독, Jean Richard 주연.
- Maigret et les caves du Majestic (1993), 프랑스·벨기에 등, Antenne 2, TV 드라마, Claude Goretta 감독, Bruno Cremer 주연.
- Maigret and the Hotel Majestic (1993), 영국, ITV, TV 드라마, Nick Renton 감독, Michael Gambon 주연.

조르주 심농 연보

1903년 출생 2월 13일 조르주 조제프 크리스티앙 심농 Georges Joseph Christian Simenon이 벨기에 리에주 레오폴드가 26번지에서 보험 회사 직원인 데지레 심농과 앙리에트 브륄 사이의 첫째로 태어남.

1906년 3세 9월 21일, 조르주의 동생 크리스티앙 출생.

1908년 5세 기독교 학교인 앵스티튀 생탕드레 데 프레르에 입학.

1914년 11세 예수회 교도들이 운영하는 생루이 중학교에 입학.

1915년 12세 생세르베 중학교로 전학해, 별 두각을 드러내지 못한 채 3년 동안 다님.

1918년 15세 아버지가 중병으로 쓰러지자 학업을 그만두고, 서점 등에서 이런저런 잡일을 하며 생계를 꾸림.

1919년 16세 벨기에 일간지 『가제트 드 리에주 *Gazette de Liège*』에 입사. 1922년 12월까지 그곳에서 여러 가명으로 약 1천 편의 기사를 씀. 첫 콩트 중 하나인 『미지근한 과일 졸임 그릇 *Le Compotier tiède*』을 씀.

1920년 17세 〈라 카크〉라는 술집을 드나드는 무명 예술가 및 작가

247

들과 교제하기 시작.

1921년 18세 화가 레진 랑숑을 만남. 심농은 그녀에게 티지Tigy라는 별명을 붙여 주고, 단 12부만 인쇄한 소책자 『우스꽝스러운 사람들Les Ridicules』을 바침. 첫 소설 『아르슈 다리에서Au Pont des Arches』가 조르주 심이라는 이름으로 출간. 11월 28일 아버지 데지레 심농이 44세의 나이로 사망. 심농은 즉시 자원 입대해 군 복무를 하기로 결심함.

1922년 19세 12월 파리 북역에 도착.

1923년 20세 레진 랑숑과 결혼하고 트라시 후작의 비서로 일하기 시작함.

1924년 21세 다소 가벼운 잡지들에 콩트를 쓰기 시작. 이 소설들은 장 뒤 페리, 조르주마르탱 조르주, 곰 귀, 크리스티앙 브륄, 조르주 심 같은 20여 개의 가명으로 출간됨.

1925년 22세 가을이 끝날 무렵 조지핀 베이커를 만남. 그들의 열정적인 관계는 1927년 6월까지 지속됨.

1928년 25세 선박 유람에 관심을 가지기 시작해 〈지네트〉호를 타고 프랑스의 운하와 강들을 유람함. 물길 안내인, 선원, 수문지기, 마부들의 세계에서 많은 영감을 받게 됨.

1929년 26세 주간지 『데텍티브Détective』에 조르주 심이라는 가명으로 퀴즈식의 짧은 이야기들을 실음. 〈오스트로고트〉호를 타고 유럽 북부 운하들을 둘러봄. 9월 네덜란드의 델프제일 항에서 배를 수리하는 동안 처음으로 〈매그레〉라는 인물을 구상.

1930년 27세 조르주 심이라는 가명으로 일간지 『뢰브르L'Œuvre』에 매그레를 주인공으로 내세운 이른바 대중적인 소설 『불안의 집 La Maison de l'inquiétude』을 연재. 여세를 몰아 쓴 『수상한 라트비아인Pietr-le-Letton』을 출판인 아르템 파야르에게 보내나 아르템은 시큰둥한 반응을 보임.

1931년 28세 성공을 확신한 심농은 다른 두 편의 매그레, 『갈레 씨, 홀로 죽다*Monsieur Gallet, décédé*』와 『생폴리앵에 지다*Le Pendu de Saint-Pholien*』를 쓰고, 결국 아르템 파야르에서 출간됨. 2월 20일 이 두 편의 소설이 〈인체 측정 무도회〉란 이름의 출간 기념회에서 소개되어 예상과 달리 큰 성공을 거둠. 그리하여 이해에만 무려 열한 편의 매그레가 출간됨.

1932년 29세 새 매그레 여섯 편이 출간됨. 4월 심농의 소설을 원작으로 한 첫 장편 영화, 장 르누아르의 「교차로의 밤*La Nuit du carrefour*」 개봉. 몇 주 후에는 장 타리드의 「누런 개*Le Chien jaune*」가, 그리고 1933년에는 아리 보르가 매그레 역을 맡은 쥘리앵 뒤비비에의 「타인의 목*La Tête d'un homme*」이 개봉.

1933년 30세 추리 소설 컬렉션에 넣지 않을 첫 번째 작품 『운하의 집*La Maison du canal*』을 본명으로 출간. 그리고 『파리수아르*Paris-Soir*』 주관으로 트로츠키와 대담을 나누는 등 여러 편의 르포를 주요 잡지에 게재. 10월 가스통 갈리마르와 출판 계약을 체결.

1934년 31세 소설과 르포를 번갈아 냄. 갈리마르에서는 『세입자*Le Locataire*』를, 파야르에서는 수사 시리즈를 마친다는 의미로 간단하게 『매그레*Maigret*』라는 제목을 붙인 열아홉 번째 매그레를 출간.

1935년 32세 세계 일주를 하며 『흑인 구역*Quartier nègre*』과 『일주*Long cours*』(1936년 출간) 같은, 〈이국적〉 소설들을 씀.

1938년 35세 『지나가는 기차를 바라본 남자*L'Homme qui regardait passer les trains*』, 『라 수리 씨*Monsieur La Souris*』, 『항구의 마리*La Marie du port*』 등 주요 작품 여러 편이 갈리마르에서 출간.

1939년 36세 4월 19일 브뤼셀에서 티지가 첫 아들 마르크를 출산.

1940년 37세 샤랑텡페리외르 지역 벨기에 피난민 고등 판무관으로 임명됨. 그를 진찰한 한 의사가 앞으로 2~3년밖에 살지 못할 거라는 진단을 내려, 겁을 집어먹은 그는 곧바로 첫 자전적 작품 『나는 기억한다……*Je me souviens…*』를 유언 삼아 쓰기 시작함.

1942년 39세 생메스맹르비외에 정착함.『쿠데르 씨의 미망인*La Veuve Couderc*』을 출간. 또『마제스틱 호텔의 지하*Les Caves du Majestic*』가 수록된 작품집『매그레 돌아오다*Maigret revient*』를 갈리마르에서 출간.

1945년 42세 나치에 부역했다는 혐의로 〈거주지 지정〉을 강요당해 사블돌론에서 지내다가 파리에 몇 달 머문 다음, 염두에 뒀던 미국행을 준비. 10월 티지, 마르크와 함께 뉴욕에 도착. 11월 캐나다 여성 드니즈 위메를 만나 첫눈에 반함. 이 첫 만남은 이듬해 초에 출간된『맨해튼의 방 세 개*Trois chambres à Manhattan*』에 생생하게 묘사됨. 이 책을 시작으로 이후 그의 모든 작품들은 프레스 드 라 시테 출판사에서 출간됨.

1946년 43세 아내 티지, 정부 드니즈와 자동차로 미국 횡단 시도. 11월 플로리다에 정착. 쥘리앵 뒤비비에가『이르 씨의 약혼*Les Fiançailles de Monsieur Hire*』을 원작으로 영화「패닉*Panique*」을 제작함.

1947년 44세 애리조나의 투손으로 이사. 그곳에서『잃어버린 암말 *La Jument perdue*』과『눈은 더러워졌다*La Neige était sale*』를 씀. 투마카코리에 잠시 머문 다음, 1949년 다시 투손으로 돌아감.

1948년 45세 앙드레 지드의 권고에 따라『나는 기억한다……』의 분량을 늘려 소설화한『혈통*Pedigree*』을 출간.

1949년 46세 제2차 세계 대전 동안 나치에 부역했다는 혐의를 벗음. 9월 29일 드니즈가 투손에서 둘째 아들 장, 일명 존을 출산.

1950년 47세 티지와 이혼하고 드니즈와 결혼. 코네티컷의 레이크빌에 5년간 정착함. 이 시절 심농은『에버튼의 시계 수리공*L'Horloger d'Everton*』,『매그레의 권총*Le Revolver de Maigret*』을 비롯한 스물여섯 편의 소설을 써낼 정도로 왕성한 창조력을 발휘함. 토마 나르스자크가『괴짜 심농*Le Cas Simenon*』을 출간.

1951년 <u>48세</u> 앙리 드쿠앵이 연출하고 장 가뱅과 다니엘 다리외가 출연한 영화 「베베 동주에 관한 진실La Vérité sur Bébé Donge」 개봉.

1952년 <u>49세</u> 벨기에의 과학과 예술 로열 아카데미 회원으로 임명됨으로써 프랑스와 벨기에로 금의환향.

1953년 <u>50세</u> 레이크빌 인근에서 드니즈가 딸 마리조르주 심농, 일명 마리조를 출산.『매그레와 벤치의 사나이Maigret et l'Homme du banc』 출간.

1955년 <u>52세</u> 유럽으로 완전히 돌아와 가족과 함께 처음에는 무쟁, 나중에는 칸에 거주함.

1957년 <u>54세</u> 가족과 함께 스위스의 보주(州)에 있는 에샹당 성에서 살기로 결정. 장 들라누아가 장 가뱅 주연의 「매그레, 덫을 놓다 Maigret tend un piège」를 제작. 그는 1959년, 역시 장 가뱅이 주연을 맡은 「매그레와 생피아크르 사건Maigret et l'Affaire Saint-Fiacre」도 제작함.

1959년 <u>56세</u> 로잔에서 드니즈가 막내 피에르를 출산. 프레스 드 라 시테가 심농이 쓴 몇 안 되는 에세이 중 하나인『프랑스 여성La Femme en France』을 출간함.

1960년 <u>57세</u> 제13회 칸 영화제 심사 위원장을 맡음. 의학 소설『곰 인형L'Ours en peluche』 출간.

1962년 <u>59세</u> 드니즈의 하녀 테레자 스뷔를랭과 연인 관계를 맺기 시작. 그녀는 서서히 그의 동반자 자리를 차지하게 됨. 장피에르 멜빌이 심농의 동명 작품을 영화화한 「페르쇼 가의 장남L'Aîné des Ferchaux」을 제작. 장폴 벨몽도와 샤를 바넬이 주연을 맡음.

1963년 <u>60세</u> 에샹당을 떠나 로잔 근처의 에팔랭주에 정착.『비세트르의 고리Les Anneaux de Bicêtre』를 출간.

1966년 <u>63세</u> 9월 3일, 네덜란드 델프제일 항에 매그레 동상이 세워짐.

1967년 <u>64세</u> 심농 전집(72권)이 랑콩트르 출판사에서 출간되기 시작. 1971년 영화화되기도 한 작품 『고양이*Le Chat*』 출간.

1970년 <u>67세</u> 1929년에 재혼해 조제프 앙드레 부인이 된 어머니 앙리에트 심농이 90세의 나이로 리에주에서 사망. 두 번째 자전적 작품 『내가 늙었을 때*Quand j'étais vieux*』 출간.

1972년 <u>69세</u> 마지막 본격 소설 『결백한 자들*Les Innocents*』과 마지막 매그레 『매그레와 샤를 씨*Maigret et Monsieur Charles*』를 출간. 9월 18일 평소처럼 서류 봉투에 책 제목을 쓴 후 갑자기 이 책을 쓸 수 없다는 것을 깨닫고, 즉시 소설 창작에 마침표를 찍기로 결심.

1973년 <u>70세</u> 더 이상 다른 사람 아닌 자기 자신의 입장에 서기로 결심하고, 녹음기를 장만해 자신에 대해 말하기 시작.

1974년 <u>71세</u> 에팔랭주를 떠나 로잔의 〈라 메종 로즈(장밋빛 집)〉로 이사. 『어머니께 보내는 편지*Lettre à ma mère*』 출간.

1975년 <u>72세</u> 스물한 편의 〈구술*Dictées*〉 가운데 첫 두 편, 『남다르지 않은 사내*Un homme comme un autre*』와 『발자국*Des traces de pas*』 출간.

1976년 <u>73세</u> 심농 재단을 설립한다는 조건으로 리에주 대학교에 자신이 소장한 문학 자료들을 기증.

1978년 <u>75세</u> 5월 19일 딸 마리조가 권총으로 자살함.

1981년 <u>78세</u> 마지막 〈구술〉 네 편(『우리에게 남은 자유*Les Libertés qu'il nous reste*』, 『잠든 여인*La Femme endormie*』, 『낮과 밤*Jour et nuit*』, 『운명*Destinées*』), 그리고 그의 작품 중 가장 분량이 많은 『내밀한 회고록*Mémoires intimes*』을 출간.

1985년 <u>82세</u> 6월 24일 첫 아내 레진 랑숑 사망.

1989년 <u>86세</u> 9월 4일 월요일, 스위스 레만 호숫가, 로잔의 보 리바주 호텔에서 사망.

마제스틱 호텔의 지하

옮긴이 임호경은 1961년에 태어나 서울대학교 불어교육과를 졸업했다. 파리 제8대학에서 문학 박사 학위를 취득했으며, 현재 전문 번역가로 활동하고 있다. 옮긴 책으로는 조르주 심농의 『갈레 씨, 홀로 죽다』, 『누런 개』, 『센 강의 춤집에서』, 『리버티 바』, 요나스 요나손의 『창문 넘어 도망친 100세 노인』, 『셈을 할 줄 아는 까막눈이 여자』, 『킬러 안데르스와 그의 친구 둘』, 베르나르 베르베르의 『신』(공역), 『카산드라의 거울』, 피에르 르메트르의 『오르부아르』, 엠마뉘엘 카레르의 『러시아 소설』, 앙투안 갈랑의 『천일야화』, 로렌스 베누티의 『번역의 윤리』, 스티그 라르손의 〈밀레니엄 시리즈〉, 파울로 코엘료의 『승자는 혼자다』, 기욤 뮈소의 『7년 후』 등이 있다.

지은이 조르주 심농 옮긴이 임호경 발행인 홍지웅·홍예빈
발행처 주식회사 열린책들 주소 경기도 파주시 문발로 253 파주출판도시
대표전화 031-955-4000 팩스 031-955-4004 홈페이지 www.openbooks.co.kr
Copyright (C) 주식회사 열린책들, 2017, *Printed in Korea.*
ISBN 978-89-329-1520-3 03860 발행일 2017년 8월 20일 초판 1쇄 2019년 3월 10일 초판 3쇄

이 도서의 국립중앙도서관 출판예정도서목록(CIP)은 서지정보유통지원시스템 홈페이지(http://seoji.nl.go.kr)와 국가자료공동목록시스템(http://www.nl.go.kr/kolisnet)에서 이용하실 수 있습니다.(CIP제어번호 : CIP2017012375)

MANCHE

Caen

Haute-
Norman

Ro

Basse-Normandie

사건 발생 장소: 생젤리전
마제스틱 호텔

Bretagne

Rennes

Pays de la Loire

Nantes

OCÉAN

Poitiers

Poitou-
Charentes

L

ATLANTIQUE

Bordeaux

Aquitaine

M

ESPAGNE